Pétur Gunnarsson
punkt punkt komma strich

Aus dem Isländischen von Benedikt Grabinski

Weidle Verlag

Erläuterungen zur Aussprache und zu einigen Textstellen finden sich am Ende des Buches.

I.

1 Das Schiff hatte kaum das Land geküßt, als der Matrose von Bord sprang, geradewegs in die Bäckerei lief und gleich darauf mit der Verkäuferin erschien, trotz des heftigen Einspruchs einer Frau um die Sechzig, die drohend die Fäuste hinter ihnen schüttelte, als sie um die Ecke verschwanden.

Er genoß es, das Knarren der Treppe wiederzuhören, die Frau zu spüren, wie sie in ihrer Tasche nach dem Schlüssel wühlte. Schaute sich im Zimmer um und fand allmählich sein Gleichgewicht. Verlor es wieder, als er sah, daß sein Bild vom Tisch verschwunden war.

»Fahrt ihr wieder nach Hamburg?« fragte die Frau, während sie das Bettzeug zusammenlegte.

»Sobald das Schiff klar ist.«

»Willst du Kaffee oder Tee?«

Der Mann ließ sich beides durch den Magen gehen, kam aber zu keinem Ergebnis.

»Kakao?« fügte die Frau hinzu.

»Ja, danke«, sagte der Mann und meinte Kaffee, aber die Frau ging in die Küche und machte Kakao. Er blieb im

Mantel sitzen und ließ den Kopf hängen oder spähte im Zimmer umher, sprang auf und beugte sich zu einem Foto hinunter. Als die Frau hereinkam, richtete er sich auf, pfiff verlegen ein Liedchen, strich sich durch den Haarschopf und knöpfte seinen Mantel zu. Sie sah ihn forschend an, stellte das Tablett ab und bat ihn, sich zu bedienen. In seinem Gesicht lag etwas wie eine unerfüllte Lustlosigkeit, dann ging er über alltägliches Durchschnittsbenehmen hinaus, zog sie zu sich heran und küßte sie, während sie die Finger ihrer rechten Hand auf seinen Hinterkopf legte – ganz so, wie es in Filmen vor dem Zweiten Weltkrieg üblich war.

2 Ganz anders als in Kinofilmen war die Szene völlig kunstlos – der Mann mit einer Socke. Eine Kamera hätte sich nicht entscheiden können, ob sie ineinander verschmolzen oder sich voneinander abspalteten. Die Gardinen versuchten mit aller Kraft, das Licht im Zaum zu halten. Die Schallwellen kamen nicht mehr mit. Der heiße Kakao dampfte ziellos in die Luft.

Draußen auf der Straße war der Herbst gekommen – langsam ließ das Leben die Blätter aus seinem Griff, sie erröteten, schrumpften zusammen und machten sich auf den Weg Richtung Erde: gefingert, gefiedert, gelappt und gezahnt. Die Menschen trieben mit dem Strom der Straßen, ohne zu ahnen, was vor sich ging, die Zeitungsjungen riefen nicht: »Ein Mann und eine Frau lieben sich am hellichten Tage!«, sondern jene Nachrichten, die in Redaktionsstuben unten in der Stadt gemacht werden: »Frau beißt Hund!« Alle schienen sich mit Leichtigkeit in der Atmosphäre des Augenblicks zu bewegen. Als wäre nichts selbstverständlicher, trugen die Männer Hüte, Schirmmützen und Pomade, die Frauen Kostüme mit Handschuhen und Handtaschen, das Haar hochgesteckt. Die Zeit, die umsonst zu sein schien und sorglos – dreißig Jahre später war sie rar geworden und in Filme zurückgeholt, es kostete Millionen, um aus ihr Autos, Kleidung und Frisuren herauszupräparieren. Wie kann der Haferschleim von heute zur Feinkost von morgen werden? In zehn Jahren ist dieser Augenblick Teil einer Epoche: Man wählt Menschen, Frisuren und Schlager, um uns einen Hintergrund zu geben. Dennoch wissen wir, daß nie irgend etwas passiert ist, und selbst wenn alles passiert ist, ist es doch so weit weg oder nah, daß es scheint, als wäre es nie passiert. Als würde die Zeit nicht wirklich, bevor sie vorbei ist – als lebten die Menschen erst auf, wenn sie tot sind.

3 Als die Frau ins Bad gegangen war, streckte sich der Mann nach der Zeitung und blätterte in den Kinoseiten. Er war ganz überrascht, wie gut alles gelaufen war. Während der gesamten Fahrt hatte es auf ihm gelegen wie ein Elefant auf einer Mücke, war ihm gefolgt, wohin er auch ging, hatte nicht gezögert, ihn auf die Toilette zu begleiten. Manchmal lag er in der Koje, riß die Augen auf und sah es, preßte sie wieder zu und sah es immer noch. Ein dänisches Sprichwort vergleicht die Verlobungszeit mit einem Berg in der Ferne, das Eheleben mit dem Besteigen des Berges selbst: Anstelle des Bergblaus ist Geröll und Gestein getreten, mit der Aussicht auf andere Berge.

Die Frau sang durch die Nase, während sie sich wusch. Jeder Handgriff saß, zu jeder Bewegung gehörte ein bestimmtes Mienenspiel, als wäre das Gesicht die Schaltstelle der Körpermuskeln. Blitzschnell bürstete sie sich das kurze Haar und sah in den Spiegel.

Als der Mann ihre Schritte hörte, legte er die Zeitung eilig beiseite, wahrscheinlich von Filmen beeinflußt, die das Rauchen anpreisen.

Die Frau kroch unter die Decke, küßte den Mann und fragte:

»Was denkst du?«

Obwohl das eher eine Atemübung als eine Frage ist, nahm der Mann sie entgegen und schien nachzudenken.

»Gott, man wird mich feuern«, sagte die Frau gleichgültig.

»Was soll man schon denken?« dachte der Mann laut.

»Guðbjörg?« kicherte die Frau.

Der Mann ließ sich anstecken, sie erinnerten sich an das, was in der Bäckerei passiert war, zusammenhanglos und kichernd.

»Ásta«, sagte der Mann plötzlich, »wir heiraten.«

»Haraldur«, sagte sie protestierend.

»Ásta!« sagte er vorwurfsvoll.

»Du weißt, wie das läuft«, seufzte sie.

»Nein«, sagte er entschieden und begann Vínarbrauð in sich hineinzustopfen. »Wir fangen ein neues Leben an.«

Die Frau setzte sich auf und ließ den Kopf hängen.

»Ich weiß, ich war ein Mistkerl«, sagte er, um ihr entgegenzukommen. Sie schwiegen und wägten die Sätze ab, die sie gesprochen hatten.

»Wir sind so unterschiedlich, du willst immer bestimmen, ich …«

»Müssen wir zurückschauen auf das, was war?« unterbrach er. Fuhr dann fort wie in einem Hörspiel:

»Vielleicht gibt es jemand anderen.«

»Ich will einfach nur ich selbst sein und auf eigenen Beinen stehen«, sagte die Frau, während sie sich ihre Unterhose anzog.

Er staunte, daß eine so kleine Hose Platz für so viel Fleisch bieten sollte.

»Ich sehe nicht, wieso das ein Problem sein soll.«

»Binna und ich wollen auf die Kunsthochschule«, sagte sie leise.

»Binna und Du? Wohin?«

»Nach Kopenhagen«, sagte die Frau und zwinkerte mit den Augen.

»Kopenhagen! Du weißt gar nicht, worauf du dich da einläßt, Ásta!«

Sie saß nicht länger still wie eine Statue, strich ihm durchs Haar und verwandelte gleichzeitig ihn in eine. In Gedanken griff er nach einem Strohhalm nach dem anderen, sank aber immer tiefer. Obwohl sie ihn beinahe schachmatt gesetzt hatte, begann sie auf Remis zu spielen. Ungefähr als sie ihre Dame opferte, hatten sie sich wieder hingelegt.

4 Haraldur saß am Küchentisch, schlürfte Kaffee und las die Stellenanzeigen: Es fehlten Kassierer.

»Sitz still«, bat Ásta und fing an, ihn zu zeichnen.

»Uns fehlen Radierer«, versprach er sich und fand, sie betonte seine Geheimratsecken zu sehr.

Ásta wollte ins Kino gehen, sie hatten sich anscheinend versöhnt. Sie zögerte dennoch nicht, ihn als Mistkerl zu bezeichnen. Jemand klopfte, Binna kam herein und war überrascht, Haraldur zu sehen. Sie war ihm offensichtlich schon einmal begegnet und konnte nicht verbergen, wie sehr es sie enttäuschte, ihn wiederzusehen. Haraldur stieß die Kaffeetasse um, als er sie begrüßte.

Wenn sie irgendein Anliegen gehabt hatte, so war dieses nun vergessen, sie sagte zwei, drei Sätze über dieses und jenes und ging. Es herrschte bedrücktes Schweigen. Ásta schaltete das Radio an: Django Reinhardt spielte *Black and White.* Mitten im Lied unterbrach der Sprecher die Sendung und sagte, der Weltkrieg sei ausgebrochen.

5 Tagein, tagaus bemühen sich die Leute, das Leben im rechten Maß zu halten, sich in ihrem Geschlechtstrieb nicht zu verausgaben, nicht auf dem Rasen zu laufen und die Hand beim Husten vor den Mund zu halten. Eines schönen Tages ist Krieg: Wo es vorher keinen Groschen gab, um Schaukel und Wippe zu kaufen, sprießen Panzer und Flugzeuge aus dem Boden. Städte, die Generationen zusammengeschustert haben, werden dem Erdboden gleichgemacht. Menschenleben in den Schmutz getrampelt. Millionen, die stets alltägliches Durchschnittsbenehmen gezeigt, gebetet und achtgegeben haben, sich nicht in die Politik einzumischen – nun werden sie mit ihren Wurzeln ausgerissen und zur Hölle geschaufelt.

Sogar auf Island wütete der Weltkrieg, in Zeitungen und Diskussionen. Eines Morgens wachten die Menschen in einem besetzten Land auf, gingen in die Stadt hinunter und glaubten, in einem Filmstudio zu sein. Bald war das allerdings zum Normalzustand geworden: Der Mensch lebt immer in Selbstverständlichkeiten.

Haraldur und Ásta machten mit Finnur und Rúna einen Ausflug. Der Geysir, der auf Briefmarken und Postkarten so majestätisch sprudelte, regte sich nicht, trotz der Seife, aber der Gullfoss schäumte auf seiner rasanten Reise das Land hinunter.

Im Ausland gibt es Kirchen, Burgen und Kanonen als Zeugen dessen, was sich ereignet hat. Auf Island gibt es keinen autorisierten Zeugen: Der Wind zählt nicht. Wie konnte diese Landschaft zum Schauplatz für Heldensagen werden? Die Grünstreifen können kaum ein Schaf nähren, Seehunde strecken ihre Köpfe aus dem Wasser wie Fragezeichen.

In Skálholt bewegte sich nichts außer der Wäsche auf der Leine; ein rotes Pferd schlief im Morast, die Moore schnieften. Dagegen lagen im Drosselwald die Kommunisten, und Brynjólfur Bjarnason hielt eine Rede im Wettstreit mit einer Drossel. Er sprach über den Krieg, der draußen in der Welt tobte, ganze Völker würden in die Kriegsstiefel getrieben, »weil Kriege und Krisen die Jahreszeiten des Kapitalismus sind«.

Finnur und Haraldur forderten sie auf mitzukommen. Auf dem Weg zu den Þingvellir stritten sie über Politik. Finnur war ein Nazi; Haraldur fand es besorgniserregend, daß die zivilisierte Welt untereinander kämpfte, anstatt sich vereint gegen die Russen zu wenden. Rúna sagte, ihr bedeute das nichts, sie sei immer mit dem letzten Redner einer Meinung. Ásta widersprach.

»Wie kannst du für diese Hunde Partei ergreifen?« fragte Haraldur wütend. »Schau dir Finnland an, schau dir Polen an!«

»Haben Arbeiter nicht das Recht, sich zu wehren?« fragte Ásta.

»Das sind nur Binnas Phrasen«, entgegnete Haraldur, »dein Vater ist Arbeiter, und trotzdem wählt er die Unabhängigkeitspartei.«

Ásta schaute aus dem Fenster und sah, wie der Frühlingstag im Sande verlief.

Die Þingvellir erinnerten an ein Theater, das wegen Sommerferien geschlossen ist.

6 Der Herbst ist die Zeit der Verse, und aus allen Richtungen drängten blökende Lastwagen herbei, voll beladen mit jenem Teil der Isländer, der als Vieh klassifiziert wird. Mit den Nasen voller Heidekraut und der Symphonie des Sommers in den Ohren, löste sich dieser auf dem Schlachthofplatz ein letztes Mal in Individuen auf – dann setzte ein unumkehrbarer Prozeß ein, begleitet von immer heftigerem Blutgestank, bis er zu Güteklassewurst, -lammfleisch, -schafsköpfen und -fellen im Freihafen geworden war.

Der Unterschied zwischen ihr und einem Schaf lag zum Beispiel darin, daß sie ihren Wollpullover ausziehen konnte, während das Schaf in seinem festsitzt. Ansonsten war sie ein träges Säugetier, das Kreuzworträtsel löste. Ein anderes Wort für Tinte mit drei Buchstaben? Sie legte die Zeitung beiseite, wischte einen eingebildeten Krümel weg und starrte in die karierte Decke. Vor einigen Stunden hatte sie Zigaretten geraucht und Lebenspläne skizziert. Nun existierte *sie* nicht mehr, ein anderer Mensch hatte begonnen, in all ihre Vorhaben hineinzuwachsen, ohne zu ahnen, welche Ereignisse ihm bevorstanden: Mochte das Innere des Mutterleibes auch ereignislos sein, draußen war doch ein Weltkrieg.

Überall ist Platz, um dies zu tun; um ein Kind großzuziehen, braucht es eine Kiste und Nahrung. Der Mensch ist das einzige Wesen im Biosystem, das dieses Problem noch nicht gelöst hat, sogar Insekten buddeln ein Loch und wohnen darin, instinktiv. Obwohl die Menschen alle im selben Boot sitzen, tun manche so, als besäßen sie die Ruder, und weigern sich, diese zu verleihen, es sei denn, sie bekommen den Fang. Der Rest kann froh sein, sich einen Körper leihen zu dürfen und einen Tag dazu.

7 Die Kinofilme schufen einen Mythos, in dem alles zusammenpaßte: Ein Mann im Trenchcoat mit hohem Kragen, Lederhandschuhen und dünnem Oberlippenbart. Die Frau in einem hellen Popelinemantel, das Haar in Locken den Rücken hinuntergewellt, die Lippen rot, der Blick verträumt, aber gleichzeitig voll kämpferischer Untergebenheit der weiblichen Natur. Der Erzählstrang entspann sich entlang der Umwege der Gefühle.

Nun war jeder Film ein Beitrag zum Krieg: Obwohl Bertrand ein Adelsmann war und Helen eine Kellnerin, hatte sie dennoch sein Leben gerettet und konnte auch hehre Gefühle haben. Die Zuschauer hatten die Hoffnung gehegt, die beiden könnten zueinanderfinden, bis die Nazis diese Hoffnung zunichte machten. Der Film endet, als die Platzanweiserin mit ihrer Taschenlampe den Saal entlangstolziert und anfängt, an den Türen herumzumachen, während Bertrand am Fallschirm über Deutschland schwebt und den Rädelsführer ausfindig zu machen versucht.

Draußen herrschte dichter Londonnebel wie im Film. Haraldur schwebte am Fallschirm, Ásta hingegen war kurz nach der Pause getötet worden und fühlte sich nun wie eine Kopie, nachdem sie Bertrand und Helen dabei zugesehen hatte, wie diese durchlebten, was sie für ihr und Haraldurs Privatleben hielt. Letzterer hatte seine Hand durch ein Loch in ihrer Manteltasche gesteckt und strich über die Kugel, in der sich ihr gemeinsames Kind kuschelte. Sie waren kein Mythos, der Lebensunterhalt bereitete ihnen mehr Sorgen als ihre Gefühle. Das Land hatte sich in einem Augenblick aus einem Wer-hat-ein-schöneres-Vaterland in Bargeld und einen Ankerplatz für Kriegsschiffe verwandelt. Haraldur verdiente abends mit Taxifahren ein bißchen nebenher. Siebzigtausend frauenlose Soldaten in einem Land, das etwa hunderttausend Leute zählte, und nichts anderes blieb einem Soldaten und einem Mädchen zu tun, als hinaus ins Blaue zu fahren und wieder zurück. Zuerst sträubte er sich, aber sie stiegen einfach ins nächste. Bevor er sich versah, fand er sich rauchend in der Heide, das Taxi schaukelte in der Parkbucht.

Ein schwarzes Auto sank aus dem Nebel, Finnur streckte seinen Kopf zum Fenster heraus.

»Wir haben euch gesucht.«

Als sie im Auto saßen, räusperte sich Finnur und sagte: »Mein Vater sitzt jetzt im Bankvorstand, wir haben eine Aktiengesellschaft gegründet, die im Auftrag der Armee arbeitet, ein Chefposten ist noch frei, hast du Interesse?«

»Ich habe gehört, man hat euch die Wohnung gekündigt«, sagte Rúna.

»Der Eigentümer will Dollar haben«, entgegnete Ásta.

»Du kriegst alles in Dollar«, sagte Finnur, »wir bekommen genau den gleichen Status wie der Ami.«

Ásta: »Wie ich es hasse, wenn Leute es sich im Krieg gemütlich machen wollen, ihn nur als Geldquelle sehen und davon profitieren, wenn er sich in die Länge zieht, am besten geht er gar nicht mehr zu Ende. Wenigstens sagen alle, er wäre bald vorbei.«

»Es kommt ein Krieg nach diesem Krieg«, sagte Finnur optimistisch, »der Mensch ist so unperfekt.«

In diesem Moment war es, als würde Ásta von innen ins Kreuz gebissen. Das Kind! Damit war selbst der Weltkrieg beiseite gefegt. Sie fuhren ins Krankenhaus, einer mit dem anderen streitend. Finnur trat aufs Gas, Rúna auf die Bremse, Haraldur öffnete und schloß den Mund.

8 Für die Hebamme war die Geburt ebenso alltäglich wie eine Beerdigung für einen Totengräber. In einem Atemzug stellte sie mehrere Fragen, hörte nicht auf die Antworten und verschwand. Die Luftschutzsirene heulte, die Lichter gingen aus, und Ásta lag alleine im Weltkrieg. Irgendwo anders in derselben Nacht stapelten sich die Leichen, die Bagger konnten nicht mithalten mit den Zügen, die funkenschlagend mit weiteren Ladungen von Leichen herbeiströmten. Draußen im Weltall starrten die Planeten, die vor Milliarden von Jahren vielleicht bewohnt waren oder denen menschliches Leben noch bevorstand. Würden auch sie in Zukunft vom Geld regiert sein?

Als Haraldur gegen Mittag zu Besuch kam, war Ásta auf die Entbindungsstation gebracht worden. Trotz allem konnte sie nicht anders, als ihn anzulächeln; er stand da wie ein Polizist an der Flugzeugtreppe, bereit, Verbrecher oder Staatschef in Empfang zu nehmen.

Er blieb zurück, ausgeschlossen und überflüssig. Draußen am Hafen stand eine Planierraupe wie ein ausgestopftes Insekt in der Windstille des Mittags. In einer Zeitschrift hatte er von Wilden gelesen, die böse Geister irreführen, so daß der Ehemann die Geburtswehen ausgelassen brüllend auf sich nehmen kann, die Frau aber geht nach draußen und kommt sogleich zurück mit dem Kind, eingewickelt in eine Decke. Er stand auf und schloß das Fenster. Im Nebenzimmer weinten zwei Frauen: Die eine war zahnlos und ballte die Faust, die so groß war wie ein Fingernagel.

II.

1 Eines schönen Tages erwachst du in einer völlig unbekannten Frau zum Leben. Zuerst scheint es, als wolltest du eine Briefmarke werden, dann ein Fisch, als nächstes eine Echse, am Ende ein Lamm. Schließlich erscheinst du in der Gestalt eines alten Mannes, unbekannte Hände schneiden die Nabelschnur durch, Verkäufer und Immobilienspekulanten haben dich lebenslang fest im Griff.

Jede Sekunde brachte Kinder mit sich, und je nachdem, in welche Umstände sie geboren wurden, erwarteten sie heißer oder kalter Krieg, Faschismen, Revolutionen, nichts.

Tiere werden in klar festgelegte Umstände geboren: Naturgesetze. Ratten zum Beispiel sind nach drei Tagen vollkommen entwickelt, gründen einen Haushalt und beginnen in der Kloake zu schuften. Kinder hingegen geraten in gesellschaftliche Mechanismen, die mancherorts ein ebenso langes Leben erlauben, wie es dauert, bis man vor Hunger stirbt, anderswo eins für Papa, eins für Mama und sonntags Eis essen und Quackquacks füttern.

Er wachte hinter dem Haus auf, wirkte dabei ein wenig

wie jemand, der auf einem anderen Stern zu sich kommt und beschließt, ruhig liegenzubleiben und die Situation zu überdenken, anstatt sich leichtfertig irgendeiner Gefahr auszusetzen. Vielleicht hatte seine Existenz bereits begonnen, zur Ruhe zu kommen, als er ohne Vorwarnung in die Badewanne gesetzt wurde. Er hatte jeden Halt verloren, als die Brust erschien – der einzige feste Punkt im Sonnensystem.

Essen, schlafen, kacken, prüfen, ob die Finger wirklich festsitzen, mit den Beinen Rad fahren, auf Stimmbändern und Speichel Triller üben – so fangen alle an, ob sie als Diebe oder Bankdirektoren enden.

Er drehte sich auf den Bauch und starrte in die Luft, bis er sein Gesicht in die Decke steckte und erstickt wäre, wenn nicht eine Trollfrau erschienen wäre und ihn auf den Rücken gedreht hätte. Was ist schon ein Zehnkampf verglichen damit, sich auf die Knie hochzurappeln, wenn man flach auf dem Bauch daliegt? Am Ende mußte er hinterm Haus mit einer Schnur an einem Stock festgebunden werden. Er war Kleinkind durch und durch, und wäre die Schnur lang genug gewesen, wäre er auf die Straße hinausspaziert und hätte sich unter einen Bus gelegt. Selbst wenn Frankenstein mit Dracula auf dem Rücken angekommen wäre, hätte er nicht aufgeschaut – aber wenn ihm seine Mutter mit Lockenwicklern erschien, drehte er durch.

2 Sista sollte auf ihn aufpassen, legte aber Eier, während er in Regenhose in einer Matschpfütze saß und einen Regenwurm kaute. Eine Katze kam angelaufen, machte halt und schnupperte an dem rotzigen Gummitier, hielt die Pfote zwei-, dreimal in die Pfütze, um zu prüfen, ob Wasser naß ist: Eine Milliarden Jahre lange Entwicklungsgeschichte hatte ihr nicht gereicht, um es sich ein für allemal einzuprägen, geschweige denn, sich Gummistiefel zu besorgen.

Der Planet strotzte vor Leben, aber nur der Mensch schien sich dessen bewußt zu sein, dennoch in nur so begrenztem Maße, daß ihn Luftaufnahmen aus dem Weltall noch in blankes Erstaunen versetzen konnten. Panisch schauten die Politiker auf diese eine, ungeteilte Erde, es fehlten all die roten Linien, die anzeigten, wo ein Land endete und ein anderes begann. Nicht genug damit, daß Holland, Belgien und Luxemburg nirgends zu sehen waren, auch die UdSSR und die USA existierten nicht, nur die Erde mit Wolken, Festland und Meer. Selbst die Menschheit, die meinte, die Biosphäre in die Tasche stecken zu können, war auf dem Luftbild nicht zu erkennen, so daß sich nur Vermutungen über sie anstellen ließen. Mancherorts entbrannte Streit darüber, ob man Sexualerziehung in der Mittelstufe erlauben sollte, anderswo konnte man vor lauter Bomben – von Büros auf der anderen Seite des Planeten aus gesteuert, Arbeitszeit neun bis fünf, saubere Unterwäsche – die Sonne nicht mehr sehen.

3 Weil das Parlamentsgebäude nicht das ganze Volk aufnehmen konnte, mußte dieses seine Vertreter wählen. Ein bißchen seltsam, in welcher Gestalt es aus den Wahlurnen kam: Alle spurlos verschwunden, abgesehen von Juristen, Bankdirektoren und einigen wenigen Kommunisten.

Die Juristen, die Bosse und Bankdirektoren wollten das Land sofort verkaufen, die Kommunisten wollten es verzinsen. Das Volk hatte im Rausch und in der Verblendung des Maimonats 1944 eine unabhängige Republik gegründet. So trifft es sich nach der Ernüchterung des Weltkriegs, daß eine gesteigerte Nachfrage nach Republiken besteht, die die nächste Schlacht mitschlügen. Das Konzernbündnis USA war klarer Sieger und kaufte eine nach der anderen auf. Zuerst gewährte es den bürgerlichen Politikern der betreffenden Länder Marshallhilfe, aber im Gegenzug händigten diese dem Bündnis die Unabhängigkeit ihrer Republiken aus. Das Bündnis wollte auf diese Weise sein Programm verbreiten, demzufolge das Leben Geld kostet, und so hatte man jüngst die Lebensumstände des halben Planeten unter seine Kontrolle gebracht und verkaufte das Leben zu einem günstigen Preis. Das Staatskapitalismusbüro UdSSR arbeitete hart daran, sich die andere Hälfte zu sichern; dann war der Ausverkauf vorbei, und der Kalte Krieg zwischen den Bündnissen hatte begonnen. Kalt, weil die Interessen der Machthaber dieselben waren: den Gewinn der Arbeit der Arbeitstiere an sich zu nehmen und diese gleichzeitig mit ihrem Schicksal zu versöhnen, indem man die Alternativen einfror. Weil die Hölle bei den anderen ist, sagten sie, muß das Paradies hier sein.

Das Volk saß in der Küche und hörte sich die Übertragung aus dem Parlament an. Ein Bankdirektor sprach über die Notwendigkeit, das Land unseren Freunden zu verkaufen, bevor die Kommunisten es den Feinden schenkten. Manche fuhren mit dem Bus in die Stadt und wurden von der Polizei und den Jungkonservativen verprügelt.

In der Nacht erschien die Bergfrau im Büro von Halldór Laxness und bat ihn, ihr eine Schreibmaschine zu leihen. Er hatte sie sich immer im traditionellen isländischen Kostüm vorgestellt – sie aber trug einen Kurzhaarschnitt, einen Lederoverall und in der Hand einen Motorradhelm. Er lief ruck, zuck in die Küche, um eine Kanne Kaffee aufzugießen. Währenddessen hörte er die Frau auf der Maschine schreiben, die klang wie ein Exekutionskommando. Als er mit dem Kaffee zurückkam, war sie verschwunden, dies aber in der Schreibmaschine:

Jener Mann, der sein Vaterland betrügt, hat sich selbst die äußerste Dunkelheit gewählt, und es steht nicht in der Macht anderer, ihn zu bestrafen oder ihm zu vergeben. Was sich diese Verkäufer Islands auch immer für Verdienste erworben haben, ihre Namen sind ein schwarzer Fleck in der Geschichte des Volkes. Ob sie den Ausländern Island für siebenhundert oder für sechseinhalb Jahre ausgehändigt haben, ihre Tat ist ihrer Natur nach doch dieselbe, sie sind Vaterlandsverräter, Unreine und Unberührbare, die Gemeinschaft mit ihnen wird zu einer einzigen Qual.

Die Bergfrau.

4 Ásta ging den Brief noch einmal durch. Endlich ein Lebenszeichen von Binna, die der Krieg in Dänemark eingesperrt hatte. Sie war allerdings nicht untätig geblieben: Verheiratet mit einem Admiral in Australien, sie hatten ein Haus, ein Auto und eine Sommerhütte. Ihr Hund hieß Bob.

Es muß doch irgend etwas Neues geben, dachte Ásta und versuchte wieder und wieder, einen Brief anzufangen. Bekomme ich meine Tage? dachte sie und hatte das Gefühl, sich auf der Schwelle eines festgenagelten Zwischenzustandes zu befinden – irgend etwas zwischen unerträglich und gar nichts.

Im Volk wurde gestreikt. Wie konnte sich der Omnibuspöbel mit seinen Thermosflaschen nur Hornbrillen und Aktentaschen in den Weg stellen? Deren Evangelien zufolge produzierten Arbeiter bestenfalls Verluste für die Volkswirtschaft, das heißt für Juristen, Bosse und Bankdirektoren. Nun wurde beklagt, wie groß doch der Schaden sei, den die Arbeitsniederlegung täglich anrichtete.

Die Arbeiter machten keine Anstalten, die Arbeit wieder aufzunehmen, gaben zu verstehen, daß sie vorhatten, im Leben weiterzukommen, Knopflöcher zu importieren oder ein Theologiestudium zu beginnen. Solange dies der Tenor war, zeigte sich die Regierung nicht bereit zu verhandeln: Die Arbeiter müßten sich realistischere Vorstellungen von ihrer Position in der Gesellschaft machen. Im Stadtteich wurde verdächtiger Eisenmüll gefunden. Sogar der Ministerpräsident schrieb unter dem Pseudonym »Eine Beunruhigte« einen Leserbrief in der Nörgelkolumne *Hellwach* und behauptete, das Land mit Ehemann und Kindern zusammen verlassen zu wollen, wenn Amis und cookies nicht weiterhin im Lande blieben.

Die Vertreter der Arbeiter fingen an, sich Sorgen zu machen: Wenn Arbeiter aufhörten, Arbeiter zu sein, würden deren Vertreter dann nicht auch aufhören, Vertreter zu sein? So stellte sich heraus, daß auch die Arbeiter ihre Aktentaschen hatten, die meinten, auch wenn es sicherlich der Pöbel war, der die Macht haben sollte, so wäre es dennoch das Geld, welches zu regieren hätte, oder war man etwa bereit, in all den Stacheldraht zu investieren, den eine echte Demokratie erforderte? Am Ende handelten die Arbeitervertreter eine Lohnerhöhung aus, welche die Regierung am Tag danach annullierte, indem sie die Preise anhob und alle weniger für ihr Geld bekamen.

Geschichte ist wie unterschiedlich heiße Materie, mancherorts brodelnd, anderswo erstarrt. Nun beförderten sich die USA und die UdSSR mit ihren Pachtstaaten zurück in die Eiszeit eines unveränderlichen Zustandes, während der Rest der Welt begann überzukochen.

Friert man das Leben ein, verlangsamt man es, ohne es abzutöten. Manch einer versuchte sich mit unerwartbaren Wahlergebnissen warm zu halten, aber die meisten richteten sich im Frost ein. Nicht, daß die Leute keine Ansichten gehabt hätten, zum Beispiel war es absolut skandalös, wenn ein erwachsener Mensch auf einem Fahrrad fuhr oder wenn sich ein Mann mit einem Regenschirm sehen ließ. Ein Journalist fuhr einen ganzen Tag lang Fahrrad mit einem Regenschirm in der Hand und schrieb einen

Leitartikel über all das, was ihm widerfahren war: Unter anderem hatte man sich beim staatlichen Gemüsehandel geweigert, ihn zu bedienen.

5 Die Kindergärten hatten kaputte Busse und Gitarre spielende alte Frauen zu bieten. In der Krabbelstube waren die Kinder auf sich allein gestellt, kontaktlos wie Himmelskörper. In der mittleren Gruppe erinnerten sie an kleine Roboter, ein Roboterkind kam angelaufen, riß der Betreuerin die Mundharmonika weg und bewarf sie mit einem Bauklötzchen. Eine andere trällerte Kinderlieder, so lange, bis ihr mit einer Fahrradpumpe auf den Kopf geschlagen wurde. Bei den Großen taten die Jungs nichts anderes, als ihre Pimmel zu messen und überkreuz zu pinkeln, hingegen weigerten sie sich hartnäckig zu kacken – aus Angst, für ein Mädchen beim Pinkeln gehalten zu werden.

Schließlich gab es keine Spielgruppen mehr – dennoch ging das Leben weiter, und die Welt war eine Straße mit Jahreszeiten und einem apfelsinenroten Bus. Die Mädchen rotteten sich mit Kinderwagen zusammen; manche schafften es mit zweien, dreien oder gar vieren. Die Jungen krochen bewaffnet durch Gärten und Schuppen und fanden ihre Feinde nicht, die vielleicht aufs Klo gegangen oder in den Laden geschickt worden waren, um Damenbinden zu kaufen. Die Tauben schauten überrascht zu, wie die Schlachtreihen mit dem gemütlichen Poltern der Holzschwerter aufeinander einstürmten, nur ab und zu löste sich alles in Streitereien auf, weil irgendwer zu Tode gestochen war, aber dennoch weiterkämpfte.

Die Deklassierten: Alte, Verrückte, Kinder – die Eiszeit schien sie nicht so hart zu treffen. Das Leben Erwachsener ist wie ein Telefonat ins Ausland, jede Sekunde so teuer, daß sie nicht wagen, irgend etwas von Bedeutung zur Sprache zu bringen. Nur Randerscheinungen können sich das Leben leisten.

Andri und Sista waren draußen im Garten und pusteten Seifenblasen. Andri trank seine Seife in kleinen Schlucken mit langen Hustern, aus Sista wirbelten ganze Sonnensysteme.

Haraldur schlug die Zeitung auf und vertiefte sich in den Artikel eines landesweit bekannten Immobilienmaklers: »Freiheit der Nation in Gefahr«. Dort wurde begründet, weshalb Island zum Estland-Lettland-Litauen der USA werden sollte. Es hieß: »Die Kommunisten haben nicht das Recht, von Vaterlandsliebe zu sprechen, sie empfinden sie nicht in ihren hinterhältigen Herzen. Der Grund, weshalb hier eine Schutztruppe stationiert ist, sind die Umtriebe der Kommunisten auf der ganzen Welt, die an der Weltherrschaft der Sowjetunion arbeiten.«

Ásta goß eine Kanne Kaffee auf, gemäß der Übereinkunft, daß der Mann Nahrungsmittel erarbeitet und die Frau sie zubereitet. Auf der ganzen Welt gab es identische Käfige mit identischen Tieren, an die Stelle der Gitterstäbe trat die Ehe.

Haraldur stand auf, zündete sich eine Zigarette an und wollte etwas zu Ásta sagen, die ans Telefon gegangen war. Draußen im Garten sah er Guðjón, seinen Schwiegervater, und Jón auf der anderen Seite, mit roten Wangen und im Wind flatternden Abzeichen der Lebensrettungsgesellschaft auf der Brust. Die beiden redeten immer über Das Wetter, als wollten sie nie aus jener Gegend fort, die sie zu Beginn des Jahrhunderts im Tausch für Eyri zurückgelassen hatten, die aber in ihren Köpfen weiterhin die Kulisse ihres Lebens darstellte. Andri pirschte im Matrosenanzug um sie herum und spritzte mit seiner Wasserpistole. Seitdem Haraldur draußen auf der Militärbasis bei Keflavík arbeitete, war er nur noch an den Wochenenden zu Hause und verstand nicht, wo das Kind die Zeit gefunden hatte, so groß zu werden.

Ásta konnte Rúna nicht erreichen und attackierte einen Pickel unter dem Nasenflügel.

»Wir müssen noch die Miete bezahlen«, sagte sie durch ein Nasenloch.

»Ásta«, sagte Haraldur gereizt, »draußen am Stützpunkt wartet eine kostenlose Wohnung auf uns.«

»Hier ist mein Land / und hier bin ich zu Hause«, zitierte Ásta irgendeinen Volksdichter.

Ich möchte wissen, was sie tut, wenn ich nicht da bin. Sie könnte Tag und Nacht fremdgehen. Gestern abend war sie mit ihrer Häkelgruppe aus.

»Warum führst du dich so auf, Ásta? Trägst du etwa keine Kleider vom Stützpunkt, ißt du nicht die Lebensmittel vom Stützpunkt – weswegen kannst du dann nicht auch auf dem Stützpunkt wohnen?«

»Wer nicht gegen sie ist, ist für sie. Ich bin gegen sie.«

Haraldur: »Kommunisten dürfen das Wort Vaterlandsliebe nicht in den Mund nehmen, sie empfinden sie nicht in ihrer heimtückischen Brust. Der Grund, weshalb hier eine Schutztruppe stationiert ist, sind die Umtriebe der Kommunisten auf der ganzen Welt, die an der Weltherrschaft der Sowjetunion arbeiten.«

Ásta: »Warum warst du dann bei der Gründung der Republik 1944 dabei? Die Sowjetunion gibt es seit 1917, Kommunisten auch. Ihr würdet Gasöfen betreiben für ein angemessenes Honorar.«

Auf der Treppe lärmte es, und hereingerannt kamen Andri und Sista.

»Mama, Mama – ich hab dem Opa seine Mütze ...«

»Die Mütze *vom* Opa«, verbesserte Haraldur.

»Ich hab die Mütze vom Opa ...«

»*Opas* Mütze«, verbesserte Ásta.

»Ich hab die Opas Mütze ...«

»Bist du noch ganz dicht, Frau?« rief Haraldur.

So fingen sie an, sich zu streiten, Haraldur schlug Ásta mit der Zeitung, Ásta rannte ins Badezimmer, Haraldur knallte die Tür hinter sich zu.

Im Radio war Kinderstunde: Ein dänischer Knabenchor lachte. Eine alte Frau blökte eine Geschichte über Kalli und Stína, die zu Opa und Oma aufs Land hinausfuhren, über Bächen saßen und lernten, Strophen aufzusagen.

III.

1 Zuerst dachte er, er wäre in allen Häusern daheim und alles Lebendige gehörte zur Familie. Die Reaktionen lehrten ihn, daß es nur *ein* Zuhause gab, zweistöckig mit grünem Dach, und ganz wenige Menschen, von denen er etwas verlangen konnte, die Leute an der Bushaltestelle zum Beispiel schuldeten ihm gar nichts. Manchmal, wenn er abends nicht schlafen konnte, fragte er sich, weshalb er er und nicht irgend jemand anders war, du zum Beispiel. Wie kam es, daß er von allen Menschen auf der Welt ausgerechnet er selbst war, in diesem Land, diesem Haus? Seltsam, daß *er* für all diese Umstände ausgewählt wurde und nicht für irgendwelche anderen, deine zum Beispiel. Man stelle sich vor, er wäre Frikki geworden, der Dänisch konnte, oder Doddi, der eine Mama hatte, die außer Haus arbeitete, und einen Papa, der nur an Sonntagen vorbeikam, draußen hupte, und hinaus ging Doddi, geschniegelt und gestriegelt.

Pelle war alleine auf der Welt, Hänsel und Gretel verirrten sich im Wald, Pinocchios Nase reichte bis zum Mond, Schneewittchen hustete und hustete, weil sie so gierig auf den Apfel war. Das Trollweib Grýla kam mit ihrem Beutel angelaufen und war so gebrechlich, daß er es wagte, sie zu ärgern, aber als er sich aus dem Staub machen wollte, waren seine Beine vollkommen kraftlos. Er schreckte aus dem Schlaf auf.

Sista notierte die Nummern der vorbeifahrenden Autos in ein kleines Büchlein, Andri versuchte, mit dem Dosenöffner Fotos zu schießen. Autos waren der Höhepunkt der Schöpfung, vor allem die absonderlichen: LKWs, Betonmischer und, das Sahnehäubchen: Feuerwehrautos! Auf Hochglanz poliert, feuerrot, mit Alarmglocke und Leiter. Er sehnte sich nach einer Feuersbrunst, aber leider, nichts ist lichtscheuer als Großereignisse: Skúli und Frikki warteten den ganzen Tag in der Apotheke, aber niemand kam, um einen Pariser zu kaufen.

Sista hatte ihm die theoretische Seite eines Großbrandes erläutert: Im Krónan hing ein Feuermelder an der Wand. Wenn ein Feuer ausbrach, mußte man das Glas einschlagen, auf den Knopf drücken, und die Feuerwehr würde ihre Kartenspiele wegschmeißen und zum Ort des Geschehens eilen. Am Ende widerstand er der Versuchung nicht, kletterte auf eine Kiste, und während die Sirenen heulten, sah er überwältigt zu, wie diese bewundernswerten Wesen herbeieilten, alte Frauen, die hinaus auf die Straße liefen, Schreie und Fragen. Schließlich richtete sich die Aufmerksamkeit auf ihn, er blutete an der Hand, seine Mama versohlte ihm vor den Augen der Feuerwehr und der Polizei den Hintern. Er fühlte sich wie jemand, der alle Brücken hinter sich abgebrochen, im Hochsprung die

Vier-Meter-Marke überquert oder den Präsidenten der USA erschossen hatte. Noch dazu hatte er sich in die Hose gemacht und war ins Bett gesteckt worden, weigerte sich aber zu schlafen, mit der Begründung, man wollte ihn auf den Müll werfen. Seine Oma hatte eine schlafende Fliege genommen und sie in den Mülleimer geworfen.

»Sie war tot«, sagte Sista.

Er verstand diesen Begriff nicht.

»Sie war nicht zu retten«, wiederholte sie.

»Bist du noch zu retten?« hatte ihn seine Mutter auch gefragt, und er beschloß, sich nicht zufriedenzugeben, bis die Betreffenden mit zehn Fingern zu Gott geschworen hätten, daß er nicht auf den Müll geschmissen würde, immerhin widersprach das auch völlig der Moral seiner Abendgebete.

2 Kleine schwarze Trolle krochen aus ihren Iglus oder flogen auf Schlitten und Pappkartons die Abhänge hinunter. Die Autos durchpflügten mit angenehmen Gaumenlauten auf Schneeketten die Straßen, der Bus konnte sich nur mit Mühe in Bewegung setzen, bei all den blinden Passagieren, die sich an der Stoßstange die Straße entlangziehen ließen. Nach einigen Schneeschauern, Regengüssen und Frostperioden bildeten sich allmählich weite Eisflächen auf den Straßen, bis die Autos begannen, den Gesetzen der Trambahnen zu gehorchen. Zwar hatten sie ein bestimmtes Fahrtziel, wurden aber auf Schienen hinaus ins Blaue geführt, und man erzählte von einem Autofahrer, den man am Stadtrand hatte brüllen hören, er versuche schon seit zwei Tagen, zum Postamt in die Innenstadt zu kommen.

»Kauf ein Pfund Skyr für mich«, sagte Ásta, »das schreibe ich dir nicht auf, du bist groß genug, du hast die Schuhe falschrum an, trödel nicht, und denk daran, das Wechselgeld mitzunehmen!«

Der Bus schlitterte vorbei, vollbesetzt mit Geldeintreibern, der Postbote erschien mit seiner speziellen Gangart am Horizont: zwei Schritte vorwärts, einen zurück. Im Krónan wog Mundi Ware für die alten Damen ab und stellte sich auf Zehenspitzen, wenn er den Betrag ablas, als wollte er das Gewicht verringern. Er pfiff von morgens bis abends, ein Pfeifen, das im Laufe des Tages immer ungestümer wurde: Kurz vorm Abendessen war es ein einziger ununterbrochener Ton, der sich hie und da in eine Melodie verirrte, aber sofort wieder in einem Piepsignal auslief. Allerdings fing er nie zu prusten an. Eventuell war er in seinem früheren Leben ein Vogel gewesen, oder er bereitete sich darauf vor, im nächsten einer zu werden.

Seine Frau Þuríður war auch Verkäuferin, vollkommen taub und durcheinander, immerhin hatte sie ein beständiges Pfeifen auf dem einen Ohr. Sie war ziemlich schwabbelig, erinnerte andererseits aber an Elizabeth Taylor, das heißt, wenn diese in der Kolonialwarenabteilung bedient und Mundi zum Mann gehabt hätte.

Wie üblich schaute Andri in der Bäckerei unter die Theke, sich daran erinnernd, daß Sista hier einmal eine Krone gefunden hatte. Heute waren dort nur die Zehen der Bedienung, die ihn bat, sich doch bitte hinzustellen, den Geldbeutel entgegennahm, einen Zettel aus diesem herausfischte und anfing, die Ware einzupacken. Andri ging vollbeladen hinaus.

»Sollte ich Buttermilch kaufen?« fragte er seine Mutter, als er heimkam.

»Bist du noch zu retten?« fragte seine Mutter, riß ihm den Beutel weg und nahm daraus, neben dem Liter Buttermilch: Weißbrot, ein halbes Malzbrot und eine Tüte Zwieback.

3 Sobald der *Vísir* kam, lief er damit zu seiner Oma und bat sie, ihm Tarzan vorzulesen. Zuerst las sie sehr leise, schüttelte den Kopf und sagte: »Oh Gott!«, dann widerwillig und stockend:

»›Tarzan, der Bruder der Affen, lächelte, als er die unbekannten Männer die Stadt angreifen sah. Dies sind dumme Männer, sagte er und stieß den Kampfschrei des Wasiristammes aus …‹«

»Wie geht der?«

Für einen Augenblick sah seine Oma aus, als wollte sie einen Kampfschrei ausstoßen, brach dann aber ab und sagte:

»Die sind alle gleich.«

»›Währenddessen hielt Mamú der Zauberer im Palast Prinzessin Amra eine Standpauke: Du dachtest, du könntest Mamú entkommen! schrie er. Das kann niemand! Tarzan und William Paig konnten das, antwortete die Prinzessin ruhig und sah aus dem Fenster. Tarzan und William Paig, spuckte Mamú, die entkommen nicht noch mal, und er grinste, daß seine gelben Zähne schimmerten.‹«

Mischte sich seine Oma nicht unnötig in den Handlungsverlauf ein? »So darf man Tiere nicht behandeln«, sagte sie, als Tarzan einen Gorilla verprügelt hatte. Letzten Endes war offensichtlich, daß sie nicht auf Tarzans Seite stand: »Kann dieser Exhibitionist nicht einfach mal Ruhe geben?« Er sah ein, daß er über seine Oma kein natürliches Verhältnis zum Vorsitzenden des Dschungels würde entwickeln können, war aber raffiniert genug, sie um eine Einführung ins Lesen zu bitten. Sie brachte ihm die Buchstaben aus den Werbeanzeigen bei, dort waren die Lettern groß und der Inhalt klar: DIE NEUEN TOILETTEN SIND DA!

4 Während sie aßen, wüteten Kriege und Hungersnöte im Radio. Das alles ging an ihm vorbei, allerdings kackte irgend jemand regelmäßig ins Schwimmbad und scheuchte alle aus dem Becken. Wer? Manche sagten, das Personal, um frei zu bekommen. Selbst hatte er auch jemanden im Verdacht, allerdings nicht den Präsidenten.

Manchmal stahlen sich Andri und Sista hinaus in den Urwald der Stadt, hinunter nach Eyri, wo ihr Großvater Guðjón damit beschäftigt war, Apfelsinen, Autos und Toiletten von Schiffen zu hieven. In der Kaffeepause gingen sie ins Lagerhaus, und Opa gab ihnen etwas von seinem Proviant. Die alten Männer thronten auf Kisten und wirkten beinahe wie klassische Philosophen: Sie schnupften Tabak, schauten in ihre Mützen und diskutierten:

»Jaja, so ist das.« Auf dem Fußboden herrschte männliche Ausgelassenheit: Raufereien, Wasserüberschwappen und Leichtsinn mit Schubkarren.

Auf dem Heimweg kamen sie am Lækjartorg vorbei.

»Wer ist das?« fragte Andri und deutete auf die Statue, die vor dem Regierungssitz eine Zeitung in der Hand hielt.

»Das ist Kristján, der Zeitungsverkäufer«, sagte Sista, »er hat so fleißig Zeitungen verkauft, daß man eine Statue von ihm gemacht hat.«

Der ganze Platz wimmelte von zukünftigen Statuen, die die Schlagzeilen der Zeitungen skandierten, die Polizisten liefen umher und paßten auf, daß die Passanten nicht zu singen anfingen. Die Heilsarmee hatte eine Sondergenehmigung und einen Mann auf einer Kiste. Setzte allerdings plötzlich weltlicher Gesang ein, liefen die Beamten sofort zum Tatort und brachten den Sänger hinunter zur Wache.

5 So kam der Frühling. Zuerst mit einem Bein, dann mit beiden. Die Menschen des Alltags legten ihren Schneesturm- und Pfützengang ab und schwebten befreit atmend zur Arbeit und nach Hause. Die Kinder drehten durch. Mit einem Mal waren sie all ihren Rotz los, die Turnschuhzeit begann mit Ballspielen, Seilspringen und Fangen. Die Abende waren nachsichtiger und voller Geschäker, man vergaß, die Kinder um acht nach Hause zu rufen. Höchstens, daß eines nach dem anderen auf den Topf geschickt wurde und dann am Fenster saß, um sicherzugehen, nichts zu verpassen, und sich mit dem Geschehen von einem Fenster zum anderen bewegte. Zuletzt wurde man gesehen, als man mit hinterherflatterndem Toilettenpapier die Straße hinunterlief.

Mundi pfiff nur wenig und meistens ein Lied, Þuríður nahm an einer Quizsendung im Radio teil, Anna Dóra begann, bei Krónan zu arbeiten. Skúli vertraute Frikki an, daß ihm ein Haar an einer bestimmten Stelle gewachsen sei. Aus diesem Anlaß fuhren sie mit dem Rad zur Mülldeponie und rauchten eine gestohlene Zigarre.

In der großen Pause füllte das Mittelstufenpack Krónan, bis es nicht mehr möglich war, die Geldbörse aus der Tasche zu holen, um zu bezahlen, aber Mundi stand am Ausgang und nahm den Konfirmanden bis zu fünf Kilo Kartoffeln ab. Anna Dóra wußte nicht mehr, wie sie hieß, sie war so schön, daß die blutjungen Onanisten nicht von ihr lassen konnten, und wenn sie die Zehn-Aurar-Schokolade aufgekauft hatten, schickten sie sie hoch ins Regal zu den Hundert-Watt-Glühbirnen. Das verliebte Pärchen saß an der Bushaltestelle auf der Bank und hielt Händchen, so wie es das den ganzen Winter über getan hatte. Mit dem Frühling versanken sie derart in ihren Knutschereien, daß die alten Frauen in ihren Verstecken hinter Gardinen und Schleiern in Atemnot gerieten.

Abends, wenn die Schirmmütze seines Opas unten in der Straße auftauchte, lief Andri ihm entgegen und ritt auf seinen Schultern heim oder bekam die Mütze aufgesetzt und ging am Stock. Wenn Guðjón sich gewaschen und sorgfältig zwischen den Zehen abgetrocknet hatte, ging er ins Wohnzimmer, zog ein braunes Notizbuch mit schwarzem Rücken hervor und trug feierlich die frohe

Botschaft des Tages ein: die Arbeitsstunden, das Unternehmen und die Groschen.

Sonntags steckte er sich seinen Ehering an, nahm seine Taschenuhr, und er und Andri gingen hutlos in die Stadt. Guðjón kaufte dann ein Abzeichen der Lebensrettungsgesellschaft und steckte es Andri an, der bald aussah wie ein sowjetischer General, die Brust bedeckt mit Orden.

Die Enten hatten sich überfressen und schafften es kaum noch, dem steinharten Brot, mit dem die Leute sie bewarfen, auszuweichen. Der Hafen wirkte wie ein Stummfilm, die jungen Männer zogen Seeskorpione aus der grünen Stille, die Alten unterhielten sich, schnupften Tabak und hüteten ihre Schiffe wie schlafende Waldfeen. Ausländische Seeleute streiften an den Kais umher, nachdem sie im Eros, Amor und Eva in der Hafnarstræti vorstellig geworden waren, wo es Schaufenster mit leichtbekleideten Puppen gab, die Prostituierten aber wohl alle in den Urlaub gefahren waren.

Skúli und Frikki gründeten den Fußballverein *Tiger,* Andri und Doddi schafften es nicht in die Mannschaft und wurden als Linienrichter verpflichtet. An jenem Tag, als Frikki Fußballschuhe bekam, schoß er den Ball bis in den Garten der sowjetischen Botschaft. Für einen Moment konnte man eine Stecknadel husten hören, die Linienrichter machten sich aus dem Staub. In der katholischen Kirche gab es einen grünbärtigen Mönch, der brüllend herausstürmte, wenn sie den Rasen betraten. Dennoch waren diese beiden Großmächte nichts im Vergleich zu Tóta. Obwohl sie nur hundertsechsundfünfzig Zentimeter groß war, war sie doch so böse, daß man sich nicht in die Nähe ihres Hauses begeben durfte, geschweige denn einen Fuß in ihren Garten setzen. Es schien, als wäre sie hinter allen Fenstern gleichzeitig, sobald man den Zaun berührt hatte, stieß sie einen Schrei aus. Der Garten war voll mit Bällen, die niemand herauszuholen wagte, sogar Katzen machten einen großen Bogen. Zum Glück hatte sie einen Bruder, der mit dem Frühling kam und alles in Ordnung brachte. Spendierte sogar der ganzen Straße Limo, sagte nur zu Mundi: »Gib den Kindern Limonade, Mundi«, und saß selbst summend vor dem Laden auf der Treppe, während die Kinder hinein- und herausströmten und die Limo runterschütteten, bis sie ihnen aus der Nase lief. Er war nicht mal betrunken. Demzufolge mußte er verrückt sein. Mütter riefen ihre Nachkommen zu sich, sobald er aufkreuzte.

IV.

1 Im Sommer zog es alle aufs Land oder ins Ferienlager. Die Schule stand leer wie ein Schneckenhaus in der Sonne. Niemand da, mit dem man spielen konnte, abgesehen von einem Mädchen. Andri fuhr Fahrrad, während sie seilsprang.

»Versprich mir irgendwann, daß ich auf deinem Rad fahren darf«, bat sie, »du versprichst mir das nie.«

»Ich werde es dir versprechen, wenn du mich gucken läßt«, antwortete er.

Sie gingen auf die Toilette, er betrachtete es genau, fand aber nicht, daß es irgend etwas erklären könnte. Skúli mußte gelogen haben.

Die Familie fuhr im neuen Auto zur Militärbasis nach Keflavík. Es war, als würde Haraldur ein Flugzeug mit kaputten Propellern steuern: Er rüttelte und schüttelte an allen Hebeln, die Scheibenwischer schlugen auf die Sonne ein, und der Motor kämpfte mit der Handbremse. Andri fragte und fragte, so lange, bis Haraldur anhielt: In neuen Autos solle man lauthals schweigen und andächtig aus dem Fenster schauen, das stehe im Handbuch. Er zeigte auf die Kühe, die die Landschaft verschlangen, und fragte, ob das Büffel seien. Guðjón, der sich bis dahin ganz dem Handbuch gemäß verhalten hatte, zuckte zusammen und machte seinen Enkel auf Tiere des Landes aufmerksam: Ein Mutterschaf lag mit zwei Lämmern schlafend mitten auf der Straße und schreckte hoch, als Haraldur auf die Hupe drückte, aber statt ins Moor zu rennen, lief die Familie vor ihnen her, wie Motorradpolizisten in auf links gedrehten Lammfellmänteln. Haraldur knirschte mit den Zähnen und fragte, warum die Regierung dieses Vieh noch nicht zu Dosenfleisch verarbeitet habe. Andri lachte, Mama bot Bonbons an, Opa summte einen Psalm.

Am Tor standen Soldaten.

»Sind wir jetzt im Ausland?« fragte Andri.

»Ja«, sagte Ásta, Haraldur sagte »Nein«, Oma fragte »Wie?«.

Sogar die Würstchen waren anders als in Island, die Cola in Dosen. Oma bekam Schluckauf und kleckerte Ketchup auf ihre Tracht.

Im Zirkus begleitete ein Blasorchester ein Mädchen, das auf einem weißen Pferd Gymnastikübungen machte. Opa und Oma schauten einander an, sie hatten nie zuvor einen solchen Reitstil gesehen. Ein Bär fuhr auf einem Fahrrad, ein Elefant schlug Purzelbäume, ein Löwe sprang durch einen brennenden Reifen. Es wäre natürlich nicht weniger unterhaltsam gewesen, einen Mann durch einen von einem Löwen gehaltenen Reifen springen zu sehen, aber der Zirkus ist nun einmal dazu da, die Überlegenheit des Menschen über die Tiere zu demonstrieren.

Die Tiere gingen, der Zauberer kam. Er hielt einen Zylinder in der Hand, zeigte allen, daß dieser leer war, und fischte dann Tücher aus ihm heraus, Kaninchen, Tauben und einen Wecker. Er forderte die Zuschauer auf, in die Manege zu kommen, und als sich niemand meldete, sprang er ins Publikum und begann, an Guðjón zu zerren. Bevor sie bis drei zählen konnten, stand er geblendet im Scheinwerferlicht, während sich die Hände des Zauberers mit den Innereien des braunen Anzugs des tausendjährigen Alþingjubiläums füllten: Brieftasche, Uhr, Schnupftabaksdosen. Ehe er sich versah, hatte er die Hose auf Höhe der Fersen, und die Zuschauer jubelten.

2 In der Nacht wurde Andri von dem Streit seiner Eltern geweckt. Sie flüsterten, so laut sie konnten, und hin und wieder rissen sich Wörter los und schossen durch den Raum. Andri vergrub sein Gesicht im Kopfkissen und tat, als würde er schlafen. Ásta stolzierte mit ihrer Bettdecke davon, Haraldur stürzte hinterher. Der Streit geriet aus den Fugen, Scherbenklirren, Andri zog sich die Decke über den Kopf.

Am Tag danach ist immer alles, als wäre nichts geschehen. Haraldur war zur Arbeit gegangen, Ásta rief Sista auf dem Land an. Andri ging zum Radfahren auf den Schulhof.

Lísa kam nicht, um seilzuspringen, vielleicht war sie auch aufs Land gefahren. Er fuhr auf dem Rad, den Tränen nahe wegen jener Ungerechtigkeit, die ihn hier alleine in der Stadt Wurzeln schlagen ließ, während alle anderen in »Gottes grüner Natur« herumtobten.

Kein Schwein war zu sehen, die Mittelstufe in den Sommerferien, Anna Dóra lehnte sich über den Ladentisch und las in einem Käseblättchen.

Andri fuhr im Kreis herum und bat Gott, ihm einen Platz auf dem Land zu beschaffen, ihm sollte es möglich sein, irgendwo eine Hütte ausfindig zu machen, die noch einen kleinen Jungen aufnehmen konnte, »absolutes Pflichtbewußtsein garantiert«.

Natürlich kam er nicht eher ins Haus, als bis ihm seine Mutter jene Neuigkeit überbrachte, daß er zu Sista aufs Land fahren durfte.

»Weiß ich«, sagte er und zog den Rotz hoch, während Mutter und Oma die Ärmel hochkrempelten und zu pakken anfingen.

3 Er versprach, sich anständig zu benehmen und die Tiere gut zu behandeln. Winkte und machte sich sogleich an seinen Proviant. Saß vorne beim Fahrer, der kurze Ärmel und behaarte Arme hatte. Busfahrer sind eine Spezies für sich, mit Sonnenbrille, Kugelschreiber und Sandalen. Manchmal sind sie ein wenig patzig, aber das ist nicht böse gemeint, sicher kein Spaß, Bus zu fahren: Man kann nie anhalten, um ein Päckchen abzuliefern, ohne daß nicht irgendein Fahrgast pinkeln müßte. Jeden Tag sitzen Hunderte gestrandete Passagiere auf den Toiletten dieser Welt.

In jedem Bus gibt es eine Schnapsdrossel, die zwischen den Sitzen hin und her geht, den Leuten einen Schluck anbietet und sie dabei ansabbert. Als man den Trinker auf seinen Platz gesetzt hatte, stand ein Mädchen auf und wollte Bonbons verteilen. Dies stieß auf deutlich positivere Resonanz, sogar der Fahrer nahm eines – ganz unverbindlich. In einer Ortschaft hielt man an, die Reisenden streckten ihre Köpfe hinaus, um die Landluft einzuatmen, der Betrunkene sang, ließ sein Wasser laufen und fing plötzlich an, die Leute zu umarmen. Am Ende stiegen alle aus, wunderten sich, daß es Das Leben schaffte, überall zugleich zu sein, und kauften abgelaufene Filmrollen im Laden.

Am Anfang ist niemand irgend etwas, es gibt nur Menschen, die der Zufall hier im Bus zusammengeführt hat. Die Umstände sind null, alle sind gleich, abgesehen natürlich vom Fahrer, dem Säufer und den Kindern. Sobald der Fahrer den ersten Gang eingelegt hat, beginnen sich Kontakte zwischen den Leuten zu bilden, ihre Schicksale verflechten sich, sie werden zu Teilhabenden derselben Ereignisse. Es stellt sich heraus, daß eine Frau ihre Schwester im Süden besuchen will. Eine andere reist zusammen mit ihrer dänischen Brieffreundin, sie hatten sich zwanzig Jahre lang geschrieben, ohne sich zu treffen – ihr dänischer Mann stirbt, und sie beschließt, sich aufzumuntern und ihre Brieffreundin auf Island zu besuchen. Der Schluckspecht benahm sich anständig, bevor er ins Koma fiel, sagte so einiges, was sich niemand zu sagen traut, aber jeder gerne hört. Als er wegdämmerte, erhob sich der Dichter von seinem Platz. Alle wurden ein wenig nervös, mit Ausnahme des Busfahrers. Der Dichter befand sich auf seiner alljährlichen Verkaufstour, nahm Gedichtbände

kleidungsfabrik: nagelneue Bluejeans, das Hemd am Hals offen, Davy-Crockett-Mütze. Die Kinder glotzten ihn ungläubig an, Stefán stand in der Küche, schlürfte seinen Kaffee und verschluckte einen Zuckerwürfel.

»Was hat dieses Kind nur auf dem Kopf!« rief Elsa.

Er erklärte ihnen die Mütze, seine Mama hatte sie aus Stoffresten gemacht, als sie den Lodenmantel kürzte.

»Das kommt nicht in Frage, daß du jeden Tag mit so einer *Mütze* aufkreuzt«, sagte Elsa und nahm sie ihm ab. Alle durften sie anprobieren, bevor sie weggepackt wurde. Stefán sagte, er könnte sie wahrscheinlich in seiner Theatergruppe gebrauchen. Selbst trug er eine Schirmmütze, den Schirm auf Südwest gedreht.

Die Hunde hießen Pratze und Tatze, schwarz mit weißen Socken und weißer Hemdbrust. Sie konnten grüßen, waren aber nicht in der Stimmung. Ein getigerter Kater schlief in dem bißchen Sonnenschein an der Mauer des Heuspeichers: Herr Brandur. Er warf ihnen einen angewiderten Blick zu und schlief weiter. Zwei mutterlose Lämmer jagten hinter ihnen her, aber Andri hatte keine Angst. Im Stall lagen die Kühe und käuten wieder wie Minister. Morgen sollten sie endlich rausgelassen werden, wenn das Wetter gut würde. Die Hühner stolzierten in der Scheune umher, »sie können nie stillstehen«, sagte Maggi. In einem Heuhaufen lag ein göttliches Kalb. »Löwenzahn«, sagte Maggi und zeigte auf das Kalb, das nickte. Auf einem Balken lag eine Henne, die im vorangegangenen Sommer unter eine Ladung Heu geraten und erst gestern wiedergefunden worden war, mausetot. »Das haben sie davon«, sagte Maggi, er sprach in dem mürrischen Grummelton eines in die Jahre gekommenen Herrn. Hin und wieder sagte er seinem Bruder Garðar, wenn dieser ohne Pause über gar nichts plapperte, er solle das Maul halten, der ihm dann sagte, er solle Scheiße fressen.

Auf den Hof folgten Wiesen, Moor und Torf, und alles erwachte langsam zu neuem Leben. Frühlingshalme und Vögel versuchten irgendein Lied zu singen. In weiter Ferne wurde der Horizont von Bergen umschlossen, die aussahen wie frisch erlegte Wale, aus deren Wunden Blut tropfte. Die Stille war wunderbar, es war so eine wunderbare Stille. Er spürte, wie das Grasgrün seine Brust erfüllte, nahm es freudig in sich auf, bis er keine Luft mehr bekam, sich auf den Hof warf und im Dreck wälzte. Seine Verwunderung war groß, als die Leute angelaufen kamen und durcheinanderriefen wie in einem Wettstreit: »Was ist passiert?!« »Bist du krank?« »Ist er ohnmächtig geworden?« Elsa hatte einen Kochlöffel in der Hand. Sogar Laufey kam herbeigeeilt: »Paßt doch auf die Käfer auf, herrje!«

»Mama, geh wieder rein, wir haben schon genug Ärger«, sagte Elsa gequält.

»Warum führst du dich so auf?« fragte Sista und schämte sich zu Tode.

Als er oft genug wiederholt hatte, daß nichts los war, er nur Lust gehabt hatte, sich im Dreck zu wälzen, fühlten sich alle verschaukelt, Elsa schimpfte, weil er sich unnötigerweise schmutzig gemacht hatte, und fragte, ob er glaube, sie hätte nicht schon genug um die Ohren. Stefán schüttelte den Kopf, als hätte er es die ganze Zeit gewußt.

Am Abend stahl er sich wieder davon und lief barfuß ins Moor hinaus. Er genoß es, zu spüren, wie der lauwarme Matsch zwischen seinen Zehen hervorquoll. Maggi und Garðar sahen sich abwechselnd von der Seite an und rannten hinter ihm her.

Man hatte schon angefangen zu essen, als sie hereinkamen. Elsa schrie, und Stefán fragte schroff, was diese Flausen zu bedeuten hätten. Andri fiel aus allen Wolken. Konnte doch auf dem Land nicht anders, als schmutzig und naß werden! Er, der sich so darauf gefreut hatte, ins Grasgrün zu kommen, wo alle frei und ungezwungen sind.

5 Am nächsten Tag wurden die Kühe rausgelassen. Sie machten unter dem Stalltor halt und schnupperten in die Luft hinaus, unternahmen zögerlich erste Schritte, als wollten sie prüfen, ob die Erde nachgäbe oder sie sich die Beine brechen könnten. Es knirschte und knarzte in ihnen wie in Gurken. Dann schraubten sich plötzlich ihre Schwänze in die Höhe, ein paar Sekunden später galoppierten sie ausgelassen umher, wiegten ihre Köpfe, gaben seltsame Geräusche von sich und jagten Hühner. Hunde, Katze und Kinder brachten sich in Sicherheit und schauten gebannt auf diese Tonnen, die üblicherweise behäbig und furzend vor sich hin trotteten, nun aber Dreisprung, Weitsprung und Flickflacks aufführten.

Und manche von ihnen springen noch heute durchs Moor, wenn sie nicht gestorben sind, andere hatten sich völlig verausgabt in ihrer Raserei, standen noch lange mit munter baumelndem Schwanz kreuz und quer herum und muhten gegen den Sommer. Soffía landete in der Jauchegrube, so daß nur noch die Ohren rausguckten und man Friðfinnur von Stórutá kommen lassen mußte, um sie herauszuziehen. Stefán tauchte keifend vor Wut in die Gülle, um ihr ein Seil umzulegen, ein Lachen rumorte in Friðfinnur.

Später setzten sie sich in die Küche, das Schniefen der Pfeifen ließ eine himmlische Ruhe aufkommen, die Jungen hatten sich um den Ofen gesetzt und schauten die Männer an, Elsa und Sista standen am Herd und machten Kaffee. »Mir ging es genau wie Soffía, als ich mich gestern im Dreck gewälzt habe«, dachte Andri laut. Elsa wiegte den Kopf. Friðfinnur lachte mit dem Hintern, Stefán in klarem Sopran. Der Humor ist ein ganz anderer auf dem Land.

6 Am Nachmittag erschoß Stefán Löwenzahn. Die Kinder mußten ins Haus gehen, aber in einem unbeobachteten Moment drängten sie sich um das Küchenfenster. Stefán führte das Kalb feierlich auf die Bühne, band es am Traktor fest, legte die Messer bereit und kontrollierte die Flinte; die Hunde verschwanden wie der Mond vor der Sonne, als er sie zur Hand nahm.

»Warum nutzt es die Zeit nicht und dreht sich um?« flüsterte Sista. Es war ein brauner Bulle mit weißem Schädel und hellem Schwanz. Sie hielten den Atem an. Stefán legte den Finger um den Abzug, Löwenzahn leckte seinem Mörder den Schrot von den Stiefeln. Stefán drehte das Gewehr hin und her, guckte in den Lauf, rüttelte am

Hahn, dann plötzlich ging ein Schuß los. Er sah verunsichert auf das Kalb hinunter, drehte sich im Halbkreis und begutachtete das Haus, dann im Kreis und untersuchte Himmel und Erde. Es wurde gegen die Innenseite des Küchenfensters geklopft. Die Kinder deuteten mit dem Finger auf den Traktor, der nach hinten hin deutlich absank. Sie sahen, wie Stefán sich die Mütze vom Kopf riß, sie in den Boden stampfte und zornig ins Haus lief.

»Was ist denn los?« fragte Elsa besorgt.

»Das weiß der Teufel«, antwortete Stefán und kurbelte die Damen der Telefonzentrale an, die so taten, als wären sie auf der Toilette. »Ich habe den Traktor angeschossen!« rief er und wurde mit Krúsi verbunden, der versprach, sofort vorbeizukommen und den Schlauch zu flicken. Damit ging Stefán singend wieder hinaus, ein Schuß zerstörte Löwenzahns Hirn und löschte Himmel und Erde aus, die Berge schwammen wie blutspuckende Wale zum Horizont.

7 Als Stefán dem Kalb die Haut abgezogen hatte, gab er den Kindern Naturkundeunterricht. Schnitt den Kopf ab und ließ das Blut in eine Schüssel strömen, schlitzte den Bauch auf, dort waren Herz, Lunge, Magen und Leber. Diese Lebenseinheit, die gerade noch eine Gesamtheit gewesen war (Löwenzahn), nun war sie verschwunden, und an ihre Stelle waren Teile (Nahrung) getreten. Sista hätte nie gedacht, daß Naturkunde, dieser kleinliche, alte Wälzer (in was teilt sich die Fliege?), irgendwie auf die Wirklichkeit bezogen war. Vielleicht gibt es irgendwo ein Land, in dem Jesus am Kreuz hängt, und Solingen ist voll mit Messern und Gabeln.

Laufey kam um die Ecke und warf Hunden und Kater etwas zu. Betrachtete die Kühe, wie sie vorbeitrotteten, und schüttelte den Kopf. Zu ihrer Verkalkung kam die Überzeugung, daß all das Vieh hier auf Litlutá hungerte, und so mühte sie sich mit Händen und Füßen, diesen armen Wesen ein Maulvoll Nahrung zusammenzukratzen. Die Hunde erhoben sich gerade aus dem Dreck, nachdem sie zwei Talgscheiben gefressen hatten, die Laufey ihnen nachts gegeben hatte.

Als die Kühe außer Sichtweite waren, bemerkte sie die Kinder, die gerade Fußball spielten. Sie hatte überhaupt keine Ahnung von Fußball, hielt den Ball für einen Stein und erschrak zu Tode, als Maggi ihn gegen den Kopf bekam, stürmte auf das Feld und schrie:

»Nu er det nok! Nu er det altsaa nok!«

»Hau ab, Oma!« riefen die Kinder, aber die alte Frau drehte sich weiter am Elfmeterpunkt im Kreis, den Zeigefinger in die Luft erhoben. Als man sie mit Gewalt vom Feld schaffen wollte, sang sie:

»Filli filli filli filli
filli-bomm
kattenopa tomme-lomme-lom
ratten muhsen dansede
so hele kunnen klingede.«

Im selben Moment kreuzte die Seeschwalbe im Blickfeld auf und beendete den Zirkus. Heraus sprang der Müllmann von Bakki: Grusel-Krúsi, selbsternannter Horrorfilmschauspieler, wenn nur nicht ein gewisses inneres Leuchten hinzugekommen wäre, welches bewirkte, daß ihn sogar der Kater freudig begrüßte. Es war verbreitete Ansicht, er wäre auf dem Rücken eines Pferdes zur Welt gekommen, und kurz gesagt schien es, als hätte das Leben ihn in die Knie zwingen wollen und dann einen Kompromiß gemacht: einen Buckel. Er stieg nicht eher aus seinem weißgescheckten Studebaker-Pritschenwagen (der Seeschwalbe), als bis Kinder, Hunde und Laufey einen Kreis um ihn gebildet hatten.

»Ach, fast hätt ich's vergessen!« sagte er und zog die Präsidententüte unter dem Sitz hervor. Ein Vertreter des logischen Empirismus hätte nichts anderes gesehen als einen gewöhnlichen gebrauchten Zementsack, aber dies war nun mal die Präsidententüte, und Krúsi holte so manches für Menschen- und Tierschlünde daraus hervor. Sogar Herr Brandur schnappte sich etwas und verschwand wieder hinaus auf die Wiese. Er zeigte den anderen nicht, was er bekommen hatte!

»Sie fangen jetzt mit dem Kraftwerk an«, sagte Krúsi, als sie sich in die Küche gesetzt hatten.

Stefán goß Kaffee in eine Tasse, schaufelte vier Löffel Zucker hinein und schüttete Milch darüber, bis das ganze auf die Untertasse schwappte.

»Sie haben in Bakki alle LKWs angemietet, um ihre Sachen zu transportieren«, fuhr Krúsi fort. »Der ganze Ort steht Kopf.«

»Ja, man bekommt nicht jeden Tag die Gelegenheit,

einen ganzen Landstrich unter Wasser zu setzen«, sagte Stefán.

»Was jammert das Landvolk überhaupt«, sagte Krúsi, der stets die Verteidigung des Teufels auf sich nahm. »Du kommst in ein Tal, wo Milch und Marmelade fließen, und erkaufst dir vom Bauern das Recht, eine Angel in den Fluß zu halten. Am nächsten Tag hat der sein Vieh doch schon vergessen. Aber die entfernte Verwandtschaft kommt zurück, um den Gewinn zu teilen.«

»Naja, darüber weiß ich nichts«, antwortete Stefán, »ich bin weder eine Forelle noch ein Lachs, aber wenn Kvos ein Stausee werden soll, dann wird Litlutá mit allem Drum und Dran auf dem Grund liegen.«

V.

1 Es gab immer neue Kinder, die diejenigen ablösten, die erwachsen wurden, der Herbst brachte auf ewig neue Jahrgänge für das Schulsystem mit sich. Sie liefen aus allen Richtungen herbei, dann ein bißchen zurück und starrten panisch auf den riesigen Steinkoloß. Manche verwechselten ihn mit einem Krankenhaus und mußten die letzten Meter schreiend gezogen werden.

Der Hausmeister, Gunnar Hámundarson, regte sich über Schuhwerk und Mäntel auf. Die Pausenaufsichten gingen umher und nickten oder schüttelten den Kopf, die Kinder schrien und kreischten spielend und raufend durcheinander. Mitten hinein klingelte die Schulglocke und ordnete Geräusche und Bewegungen neu. Es war eine nagelneue elektrische Glocke, die ein Ding-Ding-Dong nachahmen sollte, meistens wurden daraus allerdings irgendwelche Körpergeräusche: ein Rülpsen, sogar Fürze.

Der Schuldirektor war so zart besaitet, daß er wirkte, als wäre er vollkommen ruhig. Er ging zähen Schrittes über die Flure, es sei denn, die Glocke hatte einen Aussetzer. Dann schien es, als hätte man ihm einen Dolch in den Rücken getrieben, und er fiel Hausmeister Gunnar an:

»Also Gunnar, das muß in Ordnung gebracht werden«, sagte er, wenn die Uhr gerülpst hatte.

Wenn es das andere war, sagte er wütend:

»Also Gunnar, Sie sind wohl nicht ganz dicht!«

Als ob Gunnar Hámundarson nur darauf wartete, diese Mißgeschicke zu produzieren! Er war Bauer im Fljótstal gewesen, bevor er seinen Hof aufgeben mußte, und nie zuvor derart in Schwierigkeiten geraten. Wie auch immer er die Glocke auseinanderschraubte und gemäß der Anleitung neu zusammensetzte, es wiederholte sich stets: Auf der Werkbank klingelte sie wie ein Engel, aber sobald er sie auf den Schulhof schaltete, tat sie, was sie wollte. Er konnte sich gar nicht mehr entspannen, die öffentliche Meinung saß am Telefon und wartete darauf, daß etwas schiefginge.

Der Lehrer hieß Axel und war einer jener Männer, die schon im fortgeschrittenen Alter und grauen Anzug zur Welt kommen. Für ihn waren die Siebenjährigen einfach eine Sechs, die er innerhalb von fünf Jahren in eine Eins zu verwandeln hatte. In den ersten Jahren schuf er die Grundlage, ließ die hoffnungslosen Fälle aus der Klasse befördern und nahm die aussichtsreichen zu sich. Im letzten Winter zögerte er nicht, die Klasse sonntags in die Schule zu beordern. Wer nicht mehr aussortiert werden konnte, dem gab er Nachhilfestunden. Als alles überstanden war, verabschiedete er sich von ihnen mit einem bescheidenen Lächeln – mochte dieser Abschnitt für sie nun beendet sein, für ihn begann derselbe Ringelreihen von neuem, am anderen Ende des Sommers wartete ein neuer Jahrgang, ungeformt, schreiend und siebenjährig.

Der Anfang war am schwierigsten. Manche Kinder konnten das Vaterunser nicht. »Gott wohnt im Radio«, sagte einer, »Jesus Christus? Der ist lange tot«, ein anderer. Man mußte sich zuerst über ein angemessenes Verhaltensmuster verständigen, ihnen Umgangsformen beibringen. Er entwaffnete einen Jungen, der zwei Pistolen mitgebracht hatte: »Wir sind hier nicht im Wilden Westen«, sagte er, »noch nicht.« Ein Mädchen ging mit Käsescheiben, die sie von ihrem Brot geklaubt hatte, durch die Klasse, um sie gegen Kekse einzutauschen.

»Andri!« rief Axel. »Zum dritten Mal, kein Coca-Cola in der Schule.«

»Das ist *Spur.*«

»Keine Brause, sage ich, Milch, Fruchtsaft.«

Doddi: »Darf man ...«

»Heb zuerst die Hand, Þórður! Nein, nicht beide, und sag Herr Lehrer!«

»Herr Lehrer?«

»Ja, Þórður, was gibt es?«

»Darf man Brausetabletten haben?«

Axel schaute aus dem Fenster. Wie soll man Kinder unter Kontrolle bringen, die einen als einen der ihren betrachten?

Aufgabe des Lehrers war es, die Kinder zu etwas Brauchbarem zu machen. Manche wurden vom Schulsystem direkt ausgeschieden, auf See, ins Kühlhaus oder auf den Bau. Andere verdaute es lange, bevor es sie in verschiedenste Töpfe der Gesellschaft übergab: die Nervenheilanstalt, die Philosophie, die Notenbank.

In der Schule lernst du, daß es nicht du selbst bist, der eine Rolle spielt, sondern deine Verpackung: die Kleidung, die Eltern, das Haus. Du hörst auf, du selbst zu sein, und fängst an, hinter der Öffentlichen Meinung herzulaufen. Andri fand, gut mithalten zu können: Sein Papa hatte mit dem Import von Pomade und Shampoo begonnen. Natürlich hatte er sein Auto verloren, als er aufhörte, für die Amerikaner zu arbeiten, und ein Haus zum Prahlen gab es nicht – aber das war alles nur vorübergehend, sobald sie reich wären, würden sie sich Haus und Auto kaufen.

2 Axel: »Was passiert mit uns, wenn wir sterben?«

Doddi: »Wir vergammeln.«

Axel: »Ist das alles?«

Doddi: »Wir atmen Kohlensäure aus.«

Axel: »Was für ein Unsinn ist das nun wieder! Lára?«

Lára war die Tochter des Bischofs und brachte die Angelegenheit in Ordnung: Die Gebeine verrotten, und die Seele kommt zu Gott.

So entwickelten sie sich weiter und reiften heran, bis alle das Vaterunser konnten, der Lehrer saß beruhigt in der Mitte. Die Kinder schrieben nieder, was er sagte, und paßten auf, daß der Nachbar nicht abschaute: »Sveinki kuckt erst lings und rechts, wen er über die Schtrase will.« Die Wände des Klassenzimmers waren mit Diagrammen bedeckt, auf denen schwarz auf weiß zu lesen war, ob sich die Klasse auf dem auf- oder absteigenden Ast befand.

Die blaue Linie stand für all diejenigen, die in der letzten Hausaufgabe keinen Fehler gemacht hatten: Sie sahen gierig zu, wie die Linie länger wurde. Als sie abbrach, seufzte die Klasse, Axel ließ seinen Blick für einen Moment auf dem Schuldigen ruhen. Neben der Tafel hing eine Weltkarte. In den Erdkundestunden rief Axel seine Schüler nach vorne, gab ihnen den Zeigestab und ließ sie auf verschiedene Punkte der Erde deuten. »Wer Erdkunde kann, reist kostenlos«, lautete seine Parole. Der Papst war in Rom, Uhren in Genf, der beerenblaue Himmel in Neapel und Kinder wie Senioren beim Spielen im Sand. Island war wie eine plattgedrückte Maus. Vielleicht hängt die gleiche Karte in einem Klassenzimmer in Tschigudschaki in der Sowjetunion, und der Lehrer ist teuflisch genug, sich Island zeigen zu lassen. Das Kind sucht in Asien, Afrika, Amerika und findet es schließlich unterhalb des Polarkreises, über allen Kontinenten. Ob die Kinder in Tschigudschaki etwas von der Rede-, Versammlungs- und Reisefreiheit auf Island ahnen?

Dies war der Planet, um den sich alles dreht. Dann dreht er sich um die Sonne, oder war es umgekehrt? Und der Mond, dreht der sich auch? Er ist tagelang nicht zu sehen und taucht wieder auf, wenn man ihn schon vergessen hat, randvoll natürlich. Zum Glück wurden sie nicht nach den Sternen gefragt. Da die Erde auch ein Stern sein soll, kann man sich vorstellen, was für ein Pensum es ist, alle Sterne auswendig zu lernen, die Länder, in die sie sich aufteilen, die Städte, die Berge und die größten Flüsse.

In der Pause machte Binni folgendes Experiment:

Jói klettert die Laterne hoch und hängt sich an die Querstange. Er berührt die Erde nicht. Wenn sich die Erde nun dreht, müßten sich dann diejenigen, die unter der Laterne stehen, nicht wegbewegen und Jói an Ort und Stelle hängen bleiben?

Jói schaute nach unten und sah, daß sie einige Sekunden lang scharf nachdachten. Ihm war kalt an den Händen. Auch wenn er der beste im Turnen war, so hatte er doch nur begrenztes Interesse an Erdkunde.

»Dreht sie sich?« rief er zu den Jungen hinunter.

Sie schauten nicht einmal hoch zu ihm, Binni und Kalli hatten sich in die Haare gekriegt. Kalli hatte darauf aufmerksam gemacht, daß die Laterne auf der Erde befestigt war. Das Problem bestand nun darin, etwas zu finden, das nicht fest auf der Erde, aber dennoch still stand. Andri schlug die Ringe in der Turnhalle vor. Dies lag zunächst auf der Hand, dann aber stellte sich heraus, daß sie an der Decke befestigt waren. Doddi hatte die Lösung: in die Luft springen. »Wenn ich hier hochspringe«, sagte er und zeigte vor sich auf den Boden, »muß ich logischerweise anderswo landen, wenn ich wieder aufkomme: Während sich die Erde gedreht hat, war ich nicht auf ihr.«

Es zeigte sich, daß diejenigen, die glaubten, die Erde stünde still, an genau derselben Stelle landeten, von der sie abgesprungen waren. Die anderen, die dazu neigten, die Erde als sich drehend aufzufassen, kamen unglaublich weit weg von ihrem Absprungspunkt auf. Als sie die Fäuste entscheiden lassen wollten, rülpste die Glocke.

3 Verglichen mit Frauen wirkten die Mädchen, als hätte man ihnen noch keine Fußfesseln angelegt. Wer hätte gedacht, daß sich diese frechen Krabben noch in Schattenwesen verwandeln sollten, die mit Elfen gemeinsam hatten, daß sie, obwohl sie existierten, doch nirgends zu sehen waren? Vielleicht existierten Männer auch nicht, und Menschen waren überhaupt nur in einem Maße greifbar, das sich nach den Geldsummen richtete, über die sie verfügten. Arbeiter wurden erst in der Steuerkartei real, aber dann löste sich endlich das Wahlversprechen Jesu Christi ein, demzufolge die Letzten die Ersten sein würden und so weiter.

Andri war in ein Mädchen verschossen, sie hieß Magga und weinte niemals. Bei der Impfung lachte sie. Während der Arztvisite bekamen alle ein Stück Holz auf die Zunge gelegt und mußten A sagen. Doddi sagte F. Es war, als könnte er niemals das tun, was man von ihm verlangte. Die Mädchen erstarrten, als der Arzt in die Unterhose guckte.

In den Sportstunden kontrollierte Afi die Duschen. Er war Matrose auf einem japanischen Schiff gewesen und konnte keinen Fuß auf einen Kontinent setzen, ohne in irgendeine Geschichte, wie sie verwickelter nicht sein könnte, hineingezogen zu werden. In Afrika war er in die Gefangenschaft von Kannibalen geraten, die schon einen Kochtopf aufgesetzt hatten. Er stritt nicht ab, daß es Tarzan war, der ihn rettete. Andere nannten den Regen und die dänische Botschaft.

»Hier hört wohl nie jemand zu«, waren die Losungsworte des Zeichenlehrers Hjálmar. Zu diesen griff er, wenn der Geräuschpegel seinen Höhepunkt erreicht hatte. Er wurde Zwecken-Hjálmar genannt, da er die Angewohnheit hatte, über die Sitzfläche des Stuhles zu streichen, um sich zu vergewissern, daß dort keine Reißzwecken lagen. Er schaute verwundert über die Klasse, als hätte er mit einer ganz anderen gerechnet, nahm Jón Árnarsons *Volksgeschichten* zur Hand und begann, die Geschichte von Lárus, der mit einem Trollweib um einen Fisch ringt, vorzulesen. Die Kinder sollten sich von der Erzählung inspirieren lassen. Mitunter brach er ab und sagte entschuldigend: »Ich bin so häßlich, daß ich es nicht wagte, in den Spiegel zu sehen, bis ich über Zwanzig war.«

»Sollen wir das zeichnen?« fragte Halla.

»Nein«, schrie Hjálmar, sprang auf die Beine und beugte sich zum Wasserhahn. Er trank, als wäre er fest entschlossen, sich zu ertränken, es nahm kein Ende. Einmal schmierte Doddi Seife auf den Hahn, aber das schien keine Wirkung zu haben. Schließlich schmuggelte er eine Reißzwecke auf den Stuhl. Aufgrund seiner außergewöhnlichen Sensibilität für Reißzwecken las Hjálmar am Fenster stehend, aber in der Hitze des Gefechts ging er zum Lehrerpult, zog den Stuhl heran und setzte sich.

»Hjálmar, da ist eine Reißzwecke!« rief Lára, die Bischofstochter, und Hjálmar gelang es, sich im letzten Moment vom Stuhl zu winden. Für den Rest der Stunde schaute er abwechselnd Reißzwecke und Schulklasse an; alle senkten den Blick, außer Doddi.

Söngólfur hatte einen zarten Schnurrbart. Irgend etwas in seiner Aussprache wirkte ausländisch, zum Beispiel sagte er nicht Klavier, sondern Klafier. Vielleicht hatte er nur ein paar lose Zähne. CeDeEeFGeAHaCe! Er tat, als bemerkte er nichts, wenn er einen falschen Ton anschlug. Doddi war offensichtlich ein aufstrebender Gauner: warf Kreidebröckel in das Klavier, und wenn die Hämmer auf sie schlugen, war es, als schrie eine Katze um Hilfe. So geschah es im Lied: »Er steht mir unbewegt«. Söngólfur klappte das Klafier wieder zu und wischte sich den Schweiß von der Stirn.

4 »Ihr müßt gewieft sein, wenn ihr im Leben vorankommen wollt«, sagten die Mütter zu den Jungen, die Mädchen hatten nichts in Aussicht: die Zukunft verborgen in Bäuchen, wie die Zinsen des Zahngeldes unter dem Kopfkissen. Sie sollten mit ihren Pfunden wuchern und auf den Investor warten, der hoffentlich vor dem Kursverfall käme. Da die Jungen wiederum zu jung für Warenimport und Immobilienspekulation waren, wurde ihnen nahegelegt, Zeitungen zu verkaufen. Alle bedeutenden Männer der Weltgeschichte hatten als Zeitungsjungen angefangen: Wasinton, Edison, Aceton ... Unten beim *Vísir* wartete ein Haufen zukünftig bedeutender Männer der Weltgeschichte auf Zeitungen, Name und Adresse wurden aufgeschrieben, für den Fall, daß sie das Geld stehlen sollten.

Wenn man bedenkt, wie schwierig es ist, Geld zu verdienen, ist kaum zu glauben, wie einfach es ist, es auszugeben: Eine halbe Stunde im Tívolí, und sie waren ausgeplündert. Die Läufe der Gewehre waren krumm: Wer richtig zielte, traf nie. Dasselbe Prinzip lag den Automaten zugrunde: Wer nach den Regeln spielte, bekam nie etwas. Die Boxautos riefen Augenblicke voller Spannung und Energie in Erinnerung: leider nur für drei Minuten. Der Löwe hatte einen Schwermutsanfall und verschmähte das Kotelett. Öffnete ein Auge einen Spalt weit. Ihm wurde übel, als er die Unterdrücker auf der anderen Seite der Gitterstäbe sah. Ein Flugzeug kam und warf Bonbons über der Menschenmenge ab. Die meisten landeten hinter den Zäunen oder im Tretbootsee.

In Melur stand eine Handvoll Menschen zugeknöpft im Regen und schaute sich ein Fußballspiel an. Waren sie mit Gewalt dorthin geschleppt worden? Hin und wieder wischten sie sich den Regen aus dem Gesicht und tranken aus ihren Pilsflaschen jene Plörre, die dank der Achtsamkeit der Regierung niemals alkoholisch sein würde. Andri und Doddi belagerten die Trinker und schnorrten deren Flaschen.

Für sie waren alle Spiele Siege: Mochten die Spieler den Ball auch mitten auf dem Feld verloren haben, sie hatten viele Eisen im Feuer: verkauften Flaschen, warfen Kronkorken auf die Polizisten und riefen: »Raus mit dem Schiedsrichter!«

»KR-ler, ihr gewinnt das Spiel!« schrie Doddi während des Spiels von Valur gegen Fram. Für einen Moment zuckte die träge Zuschauermenge zusammen, als eine Windböe über das Feld wehte und den Ball ins Tor beförderte.

5 Sonntags gingen sie in die Kirche, um Filme anzuschauen. Der Pastor war offensichtlich ein wenig durchgedreht, immer lächelnd und kneifend. Wenn jemand schwätzte, kam er, ein einziges Lächeln, herangerauscht und beugte sich über das Plappermaul, als wollte er es umarmen. Wenn er wieder ging, rieb sich der Betreffende den Arm.

Doddis Bruder Silli war äußerst stur und, obwohl erst drei Jahre alt, schon so stark, daß es unmöglich war, ihm wieder abzunehmen, was er fest im Griff hatte. Einmal, als sie nach dem Gottesdienst auf dem Heimweg waren, bekam er ein Halt-Hauptstraße-Stoppschild in die Finger. Man versuchte, ihn loszureißen, als Pfarrer Auðunn vorbeikam. Er fragte lächelnd, ob etwas nicht in Ordnung sei, und Sista war dumm genug, mit Ja zu antworten. Zuerst bat er Silli mit einem guten: »Um Himmels willen, Sigurlaugur«, aber Silli antwortete mit jenem sturen Lächeln, das einen tatsächlich verrückt machen konnte. Pfarrer Auðunn lächelte zurück, sah sich um und begann, ihm die Finger abzuspreizen und ihn in den Arm zu kneifen. Zum Schluß trat Silli ihm gegen das Schienbein.

Im Gottesdienst trug Pfarrer Auðunn Gleichnisse vor. Einmal fragte er:

»Was machen wir, wenn wir ein neugeborenes Lamm finden, das dabei ist zu erfrieren?«

Endlich eine Frage, die Doddi beantworten konnte, da er schon mal auf dem Land gewesen war:

»Man steckt es in den Backofen.«

Für einen Augenblick herrschte Schweigen, dann fingen

alle an zu lachen, mit Ausnahme des Pfarrers Auðunn, der auf sie zustürmte, ein Jucken in den Fingerspitzen. Doddi saß ganz innen an der Wand, feuerrot im Gesicht, und versuchte seine Nebenleute zu überzeugen:

»Doch! Man setzt es bei geringer Hitze …«

Ein anderer, der nie auf dem Land gewesen war, aber *Heidi* gelesen hatte:

»Man wickelt es in eine Decke ein.«

»Und gibt ihm lauwarme Milch aus dem Fläschchen!« fügte Pfarrer Auðunn entnervt hinzu.

Als endlich alles geklärt war, hatte er das Gleichnis mit dem Lamm vergessen, und man konnte den Film starten.

Der Film war so langweilig (United States Infiltration Agency), daß sie auf den CVJM auswichen, obwohl der doppelt so weit weg war. Dort sollte ein echter Zeichentrickfilm laufen. Zuerst wurden Geschichten erzählt, über einen Jungen, der auf die schiefe Bahn geriet, sich dann aber noch zum Zeitungsverkäufer hocharbeitete – oder Milán und Zsombor, die ewig auf der Flucht vor den Kommunisten waren. Silli freute sich so darauf, den Trickfilm zu sehen, daß er anfing zu lachen, als sie hereinkamen. Er lachte die ganze Zeit, auch als jemand ein Gebet aufsagte und alle die Augen geschlossen halten sollten.

Religionen sind nur Baldrian im Vergleich zum Opium der Filme. Am Ende hatten sie es in ein echtes Kino ohne Gotteswort geschafft. Sonntags sofort nach dem Mittagessen machten sie sich im Bus davon, unter dem Arm Comic-Hefte (voller Bakterien). Der Wagen war proppenvoll mit Kindern, deren Gesichter ihren neuerwachten Wahnsinn nicht verbergen konnten. Der Busfahrer stoppte immer wieder und verkündete, bei so einem Lärm nicht fahren zu können.

Vor dem Kino herrschte stets Gedränge, ganz egal, wie früh sie dort waren. Sie wechselten sich ab mit Schlangestehen und Comic-Hefte tauschen. Silli ging mit dem *Wachtturm* herum und wurde weggeschubst. Ein Mädchen gab ihm eine Serviette.

Menschenaufläufe sind unberechenbar: Manchmal schafften sie es bis vor die Tür, es fehlte nicht mehr als eine Haaresbreite, und sie hätten hineinflitzen können – ehe sie sich versahen, standen sie wieder draußen auf der Straße. Vielleicht hatten sie zu dickes Haar. Der Kartenabreißer verlor die Fassung und drohte damit, das Kino zu schließen. Eine riesige Glasscheibe kippte komplett nach innen.

Auf manchen Plätzen saßen vier gleichzeitig, oder einer neben dem anderen auf der Treppe und in den Gängen. Getöse wie in einer riesigen Muschel. »Irgendwo hier drinnen sitzt vielleicht meine zukünftige Frau«, dachte Andri, aber strich diesen Gedanken, als er sah, wer sich vor ihn setzte.

Zwei Stunden später öffneten die Kinos wieder ihre Pforten, und jener zufällig zusammengewürfelte Haufen, der sich hineingedrängt hatte, war verschwunden. Heraus strömten Halbwüchsige unter Hochspannung: Manche fochten, andere warfen sich über Zäune, einer ging wie Charlie Chaplin. Was ist man eigentlich, bevor man reingeht, wenn man so originell wieder rauskommt? In diesem Zustand den Bus zu nehmen kam nicht in Frage, er war so überfüllt, daß die Fahrgäste hohle Backen machen mußten, um hineinzupassen. »Bitte nach hinten aufrükken!« rief der Fahrer geduldig. Eine Dame mittleren Alters ließ es sich zweimal sagen, nach der dritten Aufforderung setzte sie sich in der letzten Reihe einem ehrbaren Mann auf den Schoß.

6 Oma weckte sie mit dampfendem Kakao. Opa stand schelmisch am Küchenfenster und schnupfte Tabak. Als es acht Uhr schlug, schaltete er das Radio ein. Lárus Pálsson fing an, Matthias Jochumssons *Der erste Sommertag* zu lesen. Auch wenn man nichts verstehen konnte, folgten sie der Andacht, denn mit diesem Gedicht begann der Sommer.

Als der Vortrag zu Ende war, putzte sich Opa die Nase, und alle wünschten sich gegenseitig eine frohe Sommerzeit. Sista ging wieder hoch, Andri begleitete seinen Opa nach draußen, und trotz der Feuchtigkeit und der starken Brise war nicht zu übersehen, daß der Sommer gekommen war: Auf Island ist der Sommer kein Wetter, sondern Licht. Im Winter hatte sein Opa in die Dunkelheit hinausgeschaut, nun war er sichtbar, wenn er die Straße hinunterging.

»Was soll es für den jungen Mann sein?« fragte der Friseur.

»Ein Herrenschnitt«, antwortete Andri.

Der Friseur stellte jene Fragen, die zu seinem Fach gehören:

»Viel zu tun? Die Schule macht Spaß? Ißt du gern Eis? Was ist deine Lieblingsmannschaft?«

»Valur!«

Er legte die Schere beiseite und machte drei Schritte zurück:

»Kommst du nicht aus der Vesturbær?«

Ich muß mir eine andere Lieblingsmannschaft suchen, dachte Andri. Opa und Oma hatten ihm beigebracht, Valur-Anhänger zu sein, weil sie glaubten, die Spielweise der Mannschaft wäre von Herrn Pfarrer Friðrik Friðriksson inspiriert. Zuletzt hatten sie Stadtmeisterschaft, Liga und Pokal verloren.

Andri ging gestriegelt und wohlriechend hinaus und versuchte, sich schnellen Schrittes und doch regungslos fortzubewegen, damit der Duft nicht völlig verflogen wäre, wenn er zu Hause ankam. Ein Füllfederhalter lag auf dem Fußweg, verschwand aber in die Luft, als er sich zu ihm hinunterbeugte. Im dritten Stock lachten Kinder aus dem Fenster.

Er lief direkt zu seiner Oma, die auf einem Stuhl saß, und hielt ihr den Kopf hin. Sie weinte. Seine Mama versuchte etwas zu sagen, aber ihr Gesicht zerbrach bei jedem Versuch aufs neue. Schließlich verstand er, daß sein Opa einen Unfall gehabt hatte. Ein Tau war gerissen, als man ein Schiff entlud. Die Arbeiter waren unter die Fracht geraten. Sein Opa war tot. Er hörte, wie sein Papa am Telefon einen Werbetext einsprach, der mittags im Radio laufen sollte: »Wenn du Schuppen hast, ist Herkúles die Lösung, dreimal zu lesen.« Auf der Treppe waren Schritte zu hören, und für einen Augenblick glaubte Andri an ein Wunder, aber es war Sista mit den Armen voller Milch und Brot. Als auch sie zu weinen anfing, war es Tatsache. Dennoch verstand er es nicht ganz und weinte vielleicht wegen jenes Unglücks, zum Friseur zu gehen und das Duftwasser wird vergeudet. Möglicherweise begann sein Leben erst jetzt; im nachhinein betrachtet, ist die Kindheit wie ein überbelichteter Film, auf dem nur ein Bild heil geblieben ist.

VI.

1 Es herrschte absolute Stille, bestehend aus dem Zwitschern der Vögel und jenen Geräuschen, die die Natur von sich gibt. Die Männer gingen sofort zum Schießen nach draußen, die Frauen legten sich in die Sonne. Die Männer schienen ihn nicht zu bemerken, zumindest verboten sie ihm nicht, ihnen zu folgen. Sie wollten Raubmöwen und Nerze schießen, aber keines von beiden fand sich ein. Finnur schoß einen Goldregenpfeifer. Das Knallen der Schüsse scheuchte die Vögel auf, die Schafe nahmen Reißaus. Andri spürte den Wahnsinn in sich aufsteigen. Als er eine Bewegung wahrnahm, hoffte er, es wäre etwas Lebendiges, damit man es töten konnte.

Als sie das Boot ins Wasser schoben und er an Bord springen wollte, vertrieben sie ihn. Er warf ihnen Matschklumpen hinterher, aber sie bemerkten es nicht einmal.

Der Schweiß perlte den Frauen von der Stirn, sie ächzten und unterhielten sich darüber, was für ein angenehmer Ort dies doch sei. Ásta war sauer und spähte dann und wann auf den See hinaus, wo die Männer, wild um sich schießend, ein Gelage veranstalteten.

»Geh zu Dóri«, sagte sie, als sie Andri bemerkte. Er stapfte davon wie eine lahmende Ziege und wirbelte mit den Füßen Staub auf.

Sie tranken gerade ihre Milch, als Dóris Tante hereinkam.

»Was für süße Jungs das sind. Wie alt bist du, mein Lieber?« fragte sie Andri.

»Einundvierzig«, schnaufte Andri, bekam einen Lachanfall und prustete die Milch aus.

»Ein verdammter Bauer bist du!« rief Dóri und wischte die Spritzer von seiner Pfadfinderuniform.

Dóris Mama kam herein und fragte, was los sei.

»Andri führt sich auf wie ein Vollidiot, er kann sich nicht normal benehmen«, antwortete Dóri und wischte sich die Brillengläser ab.

Er konnte einfach nichts dafür. Vielleicht lachte er deshalb, weil er am Morgen Dóris Mutter und Tante im See hatte baden sehen. Er hatte sie heimlich beobachtet, wie sie planschten, übergroßen Meerjungfrauen gleich. Dóris Tante hatte Sommersprossen auf dem Hintern.

»Auf, raus jetzt mit euch zum Spielen!« sagte Dóris Mama, als sie ausgetrunken hatten.

»Mußt du dich immer wie ein Affe benehmen, oder was?« fragte Dóri, als sie draußen waren.

»Deine Oma sagt was, dein Opa macht sich naß?« antwortete Andri und fiel mit dem nächsten Lachanfall zu Boden.

»Du Versager, ich kenne dich nicht.«

»Reg dich nicht gleich auf«, sagte Andri und schlug

vor, in die Gartenlaube zu gehen, um sich das Buch anzuschauen. Als sie sich die Bilder angesehen hatten, wollte Dóri unbedingt etwas aus dem Buch vorsingen. Wenn er groß war, wollte er Intellektueller werden, daher mußte er sich ständig präsentieren. Andri versuchte, so schnell er konnte, vom Singen abzulenken, zeigte auf das Bild einer nackten Frau, die sich nach vorne beugt, während der Mann hinter ihr steht:

»Machen es dein Papa und deine Mama auch so?«

»Bist du schwul?« fragte Dóri beleidigt, sein Vater hatte eine Margarinefabrik.

»Manche haben es schon achtzehn Mal gemacht«, sagte Andri.

»Was gemacht?«

»Das da«, seufzte Andri.

»Bist du verrückt?«

»Sie haben achtzehn Kinder.«

»Oh Mann, glaubst du, das geht danach!«

»Wonach geht das deiner Meinung nach sonst, wie oft man furzt vielleicht?«

»Also haben es dein Papa und deine Mama zweimal gemacht?«

Andri nickte.

»Weißt du das gewiß?« wiederholte Dóri, wie jemand, der nacheinander Schach und matt sagt.

»Bist du im Verein Kack und Piß?« redete sich Andri raus.

»Leute benutzen Pariser, du Trottel«, sagte Dóri und begann einen Text aus dem Buch zu singen. Er klärte darüber auf, wie man sich vor den Augen des anderen ausziehen sollte. Männer hätten stets zuerst den Oberkörper frei zu machen, nichts wäre dämlicher als ein Mann, der untenrum nackt und obenrum noch im Anzug ist.

»Bitte nicht singen«, bat Andri, »lies lieber.«

Dóri las, affektiert wie in einer Vorleseprüfung:

»›Geschlechtsverkehr kann zwischen dreißig Sekunden und dreißig Minuten dauern. Empfohlen wird, ihn durch Pausen und Streicheln auszudehnen. Nicht alle Zonen des Körpers sind gleichermaßen stimulierbar ...‹«

Hier hörte Dóri auf zu lesen und starrte vor sich hin.

»Was?« fragte Andri ungeduldig.

»Jetzt weiß ich's«, flüsterte Dóri.

»Was?«

»Jetzt weiß ich's«, wiederholte er triumphierend und schob das Buch unter den Dachbalken.

»Was!« schrie Andri.

2 »Oh Mann«, hauchte Dóri leise, »Mannomann!«

»Laß mich«, flüsterte Andri, »laß mich auch, LASS MICH«, so laut er sich traute.

Dóri wimmelte ihn ab, ohne sich von dem Loch wegzubewegen. Andri lief hektisch hin und her.

»Laß mich jetzt, ich hab das Loch auch gemacht!«

Dóri sah für einen Augenblick auf, schnitt eine Grimasse und flüsterte:

»Das ist *meine* Tante, du Trottel.«

»Dann verpetz ich dich», drohte Andri, »ich werde dich verpetzen.«

Dóri rutschte zur Seite, Andri hing im selben Moment am Guckloch.

»Du bist ein verdammter Blödmann«, rief Dóri so leise er konnte. »Willst du alles ruinieren? Das ist *meine* Tante in *unserer* Latrine.«

»Oh Mann«, murmelte Andri leise, »Mannomann!«

»Okay, jetzt hast du genug«, sagte Dóri entschieden.

»Mannomann!«

Dóri gestikulierte wild, trat ungeduldig in den Boden, packte Andri, der nach vorne gebeugt dastand, ein Auge im Guckloch vergraben, schließlich an den Hüften und warf ihn in die nächste Hecke.

Andri schrie nicht, saß mit ausgestreckten Beinen im Gebüsch und sah geschlagen zu, wie Dóri am Guckloch klebte.

»Jetzt werd ich dich verpetzen!«

Er stellte sich hin: »HAHA, SCHAUT SEINER TANTE BEIM KACKEN ZU! HAHA ...«

Dóri sprang auf und wollte etwas sagen, lief dann aber Andri hinterher, der ins Dickicht rannte, ohne auf die Zweige zu achten, die ihm die Augen auskratzen wollten, sich um gar nichts anderes kümmernd als darum, noch weiter wegzurennen. Am Ende sanken sie erschöpft zu Boden, drehten sich auf den Rücken und schnauften.

»Bist du dämlich«, stöhnte Dóri schließlich, »ein mistverdammter Vollidiot bist du.«

»Du hast mich nicht hingelassen«, sagte Andri beleidigt.

»Verdammt, verdammt, verdammt!« wimmerte Dóri.

»Warum durfte ich nicht durchgucken? Sie war schon fast fertig.«

»Haltsmaul!« rief Dóri.

»Selber!« entgegnete Andri, aber ohne Überzeugung.

Dóri schlug mit der geballten Faust in Richtung Andri, der darauf schon gewartet hatte und sich wegrollte. Dóri brach zusammen und sagte mit zitternder Stimme:

»Sie bringen mich um, ich kann nicht mehr heimgehen, nie mehr.«

Er vergrub sein Gesicht im Moos, seine Schultern zuckten. Andri sah schweigend an sich herunter und kaute auf einem Grashalm.

3 Auf dem Heimweg warf er ab und an einen flüchtigen Blick zu den Männern auf den See hinaus. Es war so still, daß man die Schüsse weithin hören konnte. Manchmal verstand man einzelne Wörter. Andri wünschte sich, das Boot würde kentern. Es kenterte. Er traute seinen eigenen Augen nicht, hatte aber keine anderen. Zuerst schien es, als wäre nichts geschehen. Nasses Schweigen. Dann begannen sie mit den Armen zu paddeln und zu schreien. Er rannte im Dauerlauf nach Hause, die Frauen waren mitten in einer Partie Whist, starrten ihn an wie einen Aussätzigen und stürmten dann alle hinaus – alle außer Rúna, die sich pathetisch erhob, einen Grand auf der Hand.

Sie stiegen Schritt für Schritt aus dem Wasser, ihr Fluchen war nicht zu überhören. Ásta ging hinauf zur Hütte, um zu heizen. Andri konnte sein Lachen kaum unterdrükken. Fríða sah ihn streng an. Er stellte sich abseits und platzte. Sie versuchten diese furchtbare Demütigung mit Gebrüll und gegenseitigen Belehrungen zu überdecken und kommandierten die Frauen herum. In der Nacht betranken sie sich. Alles wie gehabt: Zuerst wurde über Politik geredet. Haraldur war der Meinung, man müßte die Landwirtschaft aufgeben und sie in Dosen importieren. Finnur wollte noch einen Schritt weiter gehen und auch die Fischereiwirtschaft einstellen, statt dessen sollten Stöcke importiert und später poliert und gefräst wieder ausgeführt werden. Rúna sang: »Det var en skikkelig bondemand« – gerade als sie kurz vor einem Großschlemm stand, war die Welt in die Brüche gegangen. Die anderen Frauen saßen da und schwiegen. Die Männer hatten angefangen über Sport zu reden, Ásgeir erinnerte daran, wie die Fannbergsbrüder Rekorde reihenweise gebrochen hatten und die Isländer ihr Haupt erhoben tragen konnten, zu Hause wie im Ausland.

»Zehn Sekunden«, sagte er und schaute auf den Sekundenzeiger. »Hundert Meter in zehn Sekunden!«

»Was hat man davon, wenn man alles so schnell macht?« fragte Fríða leise. Ásgeir versuchte sie mit einem Blick zum Schweigen zu bringen.

4 Möglicherweise ging den Leuten ein Licht auf, als Touristen anfingen, auf dem Weg zwischen der Neuen und der Alten Welt einen Zwischenstopp einzulegen. Sie wurden aus dem Flughafen gelockt, hinein in die Naturschönheiten, von welchen in den neuen Heimatgedichten die Rede ist: Touristenpropaganda. Als sich die Reisenden, die blaue

Seen in grünen Wäldern gewohnt waren, in dem Grau umgesehen hatten, sagten sie: Hier gibt es keine Natur, aber einmalige Naturlosigkeit, und es erschien als angenehme Abwechslung, mit Bussen kreuz und quer durch diese zu rattern, man drückte sich die Nasen an den Fensterscheiben platt und sah ein Nichts nach dem anderen – endlos. Alles schien endlos in diesem kleinen Land: der Regen, die Kioske der Handelsgenossenschaft, die Menschenarmut. »Wo sind die Bewohner?« fragten die Touristen die Reiseführer, die dachten, man fragte sie nach den unsichtbaren Bewohnern des Landes, und sich in weitschweifende Erörterungen über die Völker der Elfen, Trolle und Geächteten stürzten, bis das Busvolk anfing, auf den Nägeln zu kauen. Abgesehen davon waren die Reiseführer unverzichtbar, um den Touristen zu erzählen, was sie hätten sehen können, wenn es nicht geregnet hätte. Zum Glück war der Abstand zwischen den Kiosken gering, so daß die Reisenden auf die Toilette gehen und Postkarten der Sagenhaften Wunder Islands kaufen konnten.

Die Wirtschaftsaristokratie hatte sich das gute Land unter den Nagel gerissen und hielt sich dort Pferde, vor denen sie im nüchternen Zustand Angst hatte; ausländische Lachsfischer zögerten nicht, die Ödnis aufzukaufen, wegen des Lachses, der dem Land die Treue hielt, da er nicht wußte, wie wertvoll er war.

Hundert Jahre zuvor war dies alles kein Thema gewesen. Da brachen die Leute in Scharen auf nach Amerika, bis die Kaufleute begannen, sich Sorgen um ihre Lagerhallen zu machen, und die Dichter, die ihre Leser verloren, zurück ins Geschäft zu bringen versuchten und sie Heimatgedichte verfassen ließen. Dies plus die sieben Sachen der Auswanderer plus Weltkrieg Eins, Zwei und die Vorschüsse für Drei hatten das Land über Wasser halten können. Nun reichte das nicht mehr, und die Leute begannen erneut, aus dem Land zu strömen, diesmal quer über den Planeten nach Australien. Als es soweit gekommen war, daß nichts mehr die Nation zusammenzuhalten schien außer das Meer, nahmen die Reisebüros den Faden dort auf, wo ihn das Heimatgedicht verloren hatte, oder flogen mit den Einwohnern in Länder, in denen selbst der Mondschein warm ist, und wieder zurück.

5 Haraldur hatte sich ein Grundstück in einem Viertel gesichert, in dem niemand weniger als Tanzlehrer war. Für eine Weile sah es so aus, als wollte sich ein LKW-Fahrer dort hineindrängen, aber zum Glück bekam er ein Magengeschwür, und ein Herrenausstatter kaufte den Bauplatz. Nun galt es nur noch, das alte Ehepaar loszuwerden, das mit zehn Hühnern und Unmengen Rhabarber auf dem Hügel heimisch war. Im Stadtrat hatte man das Problem bereits gelöst und beschlossen, eine Kirche zu errichten, dort, wo die Hütte stand.

Die Stadt war weiterhin von Untätigkeit geprägt, denn die Arbeitsfelder lagen auf See, und der Fisch wurde im Ausland verkauft, für Währungen, welche die Regierungen Großunternehmen aushändigten. Banken, Geschäfte und Großunternehmen verstopften die Schlagadern der Stadt, die Einwohner zogen sich an deren Ränder zurück.

Sista setzte sich ins Eiscafé Ísborg und verstand sich nur in der Hinsicht als Problem, daß sie furchtbare Brüste hatte. Jeden Abend stand sie vor dem Spiegel und drehte sich in alle Richtungen, um zu kontrollieren, ob sie nicht wenigstens ein bißchen gewachsen waren. Manchmal drehte sie völlig durch und schwänzte den Sportunterricht. Für einen Augenblick erschien ihr eine kurvenreiche Frau mit großen Brüsten, hochtoupierten Haaren und vollen Lippen. Sie tat, was sie konnte, und versuchte einen Schmollmund aufzusetzen. Sie hätte all ihr Hab und Gut gegeben, um wie Rósa sein zu können. Die beiden hatten einmal für einen Milchshake zusammengelegt und abwechselnd die rosafarbene, zähe Flüssigkeit durch den Strohhalm gesaugt. Seufzten oder betrachteten voller Verachtung die Leute um sich herum und den Tisch in der Ecke, wo die Amischlampen in dicke Rauchschwaden gehüllt saßen. Selbst warteten sie darauf, daß sie jemand belästigte, um sich mit einem herablassenden Blick abwenden zu können.

Das Dairy-Queen-Zeitalter hatte begonnen. Eine mißtrauische Frau mittleren Alters stand an der Eismaschine wie Gott der Allmächtige. Zwei Jungen setzten sich zu ihnen an den Tisch:

»Wie läuft's, Puppen?«

»Haben wir euch gebeten, uns zu fragen?«

»Wir sind vom Kinderschutzbund.«

Sie lachten schallend.

»Sagt ihm, daß wir nicht mit Dösköppen reden.«

»Dösköppen?«

»Das sind so Skúlis wie ihr«, sagte Sista.

»Hör mal, hast du was in deinem BH?« fragte der süßere von beiden und machte Anstalten, Sistas Brüste zu betatschen. Sie verpaßte ihm eine Ohrfeige.

»Das sind solche Guðjóns, daß man speien könnte«, stöhnte Rósa, als die Jungen gegangen waren.

Sie sprachen darüber, was für ein hoffnungsloser Ort dies doch war, und träumten von Ländern, in denen selbst der Mondschein warm ist, man im Meer badet oder sich im Sand rekelt und süße Jungs herumlaufen, nicht diese pockennarbigen Pickelgesichter. Dennoch gelang es ihnen nicht, die Geschichtsprüfung am nächsten Morgen zu vergessen, und so nahmen sie beide ihre Schulbücher heraus.

»Das ist hier kein Pornoladen«, sagte die Eisprinzessin und spähte auf die Bücher, während sie den Tisch abwischte.

»Das ist Geschichte«, antworteten sie.

»Klar, ich kenne doch die Leute hier«, sagte sie und stolzierte davon.

»Durften wir Ägypten nicht weglassen?« fragte Rósa, um ein Licht am Ende des Tunnels zu sehen.

»Ja schon, es ist trotzdem alles eine einzige Lüge, die Menschheit wäre vor Langeweile ausgestorben, wenn das wahr wäre.«

»Zumindest das schwache Geschlecht.«

»Mit irgend etwas müssen sie einen ja ärgern.«

So fuhren sie fort in der Menschheitsgeschichte, notierten sie auf dünnen Papierstreifen, die sie dann zu endlosen Ziehharmonikas zusammenkniffften. Am Abend wollten sie auf Handflächen und Armen weiterschreiben. Auf die Beine, falls die Menschheitsgeschichte noch nicht zu Ende sein sollte.

Um fünf gingen sie ins Kino, Rósas Mama verkaufte die Süßigkeiten. Der Film hieß *Teenager auf schmalem Grat,* sie hatten ihn schon zweimal gesehen. Er handelte von einem Jungen und einem Mädchen, die in derselben Klasse sind. Einmal sind sie bei Klassenkameraden zu Besuch und hören Schallplatten an. Danach begleitet er sie heim. Unterwegs werden sie Zeuge einer Knutscherei im Auto und verlieren derart die Kontrolle, daß sie ihn mit in die Wohnung nimmt und schwanger wird. Ein Freund von ihnen hat ein Motorrad und bietet an, den Embryo auf den Bahngleisen aus ihr herauszuschütteln. Er fährt die Gleise entlang, mit dem Mädchen hintendrauf. Sie machen solch einen Lärm, daß sie den hinter ihnen heranrasenden Zug nicht hören und erfaßt werden. Der Film endet damit, daß ihr Liebster angelaufen kommt, sie liegen im Graben, das Motorrad brennt lichterloh. Sie überlebt, und gemeinsam beschließen sie, ein neues Leben zu beginnen.

Sie gingen heim wie auf Glasscherben und fühlten sich klebrig und schmutzig: Das Leben steht manchmal wirklich auf der Kippe.

»Mein Gott, wie eklig das ist«, sagte Sista.

»Ja«, sagte Rósa.

»Wie können Leute ... Frauen. Ich verstehe das nicht!«

»Es ist wahrscheinlich in Ordnung, wenn man verlobt ist und so«, sagte Rósa.

»Ich könnte das niemals, ich hätte Angst, mich zu verändern, abhängig davon zu werden oder so was.«

Rósa fing an zu lachen, Sista lachte sicherheitshalber mit.

»Warum lachst du?« fragte sie, als sie sich schlapp geweint hatten.

»Ich finde Eisenbahnen so widerlich«, stöhnte Rósa und lieferte den Stoff für den nächsten Lachanfall.

6 Andri schlüpfte in alte Lumpen und rannte den Kühen nach. Der Austernfischer lief hektisch umher, woran man sehen konnte, daß er seine Uhr verloren hatte.

Der Bauer hätte schon längst aufstehen sollen, versuchte aber statt dessen, sich an seine Frau heranzumachen, die davon allerdings nichts wissen wollte; wenn sie den Milchwagen verpaßten, müßte der Bauer mit der Milch nach Bakki fahren, und was würde dann aus dem Schlachten? Sie war sehr bodenständig, in einem seegrünen Nachthemd, während er, dieser Gammler, splitternackt dalag und ihre Mahnungen zur Tagesordnung mit wiederholten Annäherungsversuchen beantwortete, bis die Bettdecke hinunterrutschte, sich die alte Uhr an der Wand genug hatte bieten lassen und ins Blaue hinein drei Schläge hustete.

Im Nebenzimmer saß eine Sommeraushilfe auf der Bettkante und gähnte, sie war sehr schläfrig. Es war Lísa, die auf Seite 38 seilspringt, auch sie hatte die Zeit im Gepäck.

»Maggi!« sagte sie wütend, als sie sah, daß Maggi immer noch die Nase in die Luft streckte und schnarchte. »Wartest du darauf, daß dich dein Papa am Hintern hochzieht?«

Aber Maggi schnarchte einfach weiter, er war einer von denen, die morgens nicht aufstehen können, das Blut zu Brei geronnen von all der Milch.

»Maggi! Gott, bist du gedankenlos!« fuhr Lísa fort, da sie keine Lust auf ein eiskaltes Badezimmer hatte, es aber auch für unangemessen hielt, sich vor den lieben Kindern anzuziehen, mochten diese auch keine Triebe haben und schlafen. Am Ende schnappte sie sich ihre Sachen und rannte ins Bad, wo sie sich eilig anzog, die Brustwarzen ragten in die Luft, ihr war so kalt.

Es war herrliches Wetter draußen, das sah sie, obwohl sie verschlafen war, und widmete ihm ein Lied, das sie summte, während allmählich der Kaffee durchsickerte.

Stefán war aufgestanden und versuchte seinen Sohn wachzurütteln, der immer noch sorglos schlief.

»Also bitte, Maggi!« rief er und stieß ihn an, »Maggi, also bitte!«

Als sich ein Auge halb öffnete, eilte Stefán hinaus in den Stall, aber das Auge schloß sich wieder. Als er mit dem Melken halb fertig war und sich mit den vollen Milchkannen auf den Hof gekämpft hatte, lief er wieder hinein, um zu sehen, wo der Junge blieb, und war jedes Mal gleichermaßen ratlos, schüttelte sich und rief:

»Verdammt, was soll das eigentlich, Maggi!«

Maggi öffnete die Augen einen Spalt weit und blickte gequält auf seinen Vater in Stallhose, der rief: »Das muß es sein, du hast irgendeinen Virus!« und wieder hinaus in den Stall lief.

Als Elsa Garðar und Nunna aus ihrer Jauche geholt hatte, nahm sie sich ihren ältesten Sohn vor, der mit der Nase Nachrichten aus einer anderen Welt übermittelte.

»Magnús Stefánsson«, sagte sie feierlich, »du wirst irgendwann im Leben noch in richtige Schwierigkeiten geraten.«

Maggi öffnete die Augen, aber die Schimpfworte versiegten auf seinen Lippen, als sich der Tag giftgrün vor ihm auftat, gewürzt mit Kaffeeduft. Er schüttelte Nunna ab, die ihn an den Haaren zog, während er in seine Sokken schlüpfte, und sagte, er würde Garðar den Kopf abreißen, wenn er nicht aufhörte, diesen verdammten Lärm zu machen. Obwohl Garðar das R nicht rollen konnte und lispelte, gelang es ihm, seinem Bruder zu sagen, er solle Scheiße fressen. In diesem Augenblick wurden sie alle von ihrer Mutter aus dem Zimmer geworfen. Sie wies Maggi an, auf seine Geschwister aufzupassen, worauf der nicht reagierte, sich an die Tischecke setzte und mürrisch darauf wartete, daß Lísa ihm Brot und Kaffee servierte. Die stand in der Vorratskammer zwischen mit Saft gefüllten Brennivínflaschen und stach das Küchenmesser tief in ein Stück Käse von der Größe Sigfús Blöndals (des Wörterbuches).

7 Die Kinder schaufelten Brot in sich hinein, bis sie schielten, Elsa hatte ihre Nase in Stefáns Rachen gesteckt, der sich über die Welt aus der Sicht der *Tíminn* informierte. Mal grummelte er, mal prustete er. Schließlich kam er nicht umhin zu sagen:

»Nein, nein, und nochmals nein.«

»Was ist los, Stefán?« fragte Elsa.

»Sie wollen uns weismachen, es gäbe eine 300 Kilo schwere Frau!«

»Wer soll das sein, Stefán?«

»Ach, irgendein verdammtes Weib in Australien!«

»Glaubst du nicht, sie meinen 300 Pfund?« fragte Elsa vorsichtig, denn Stefán nahm es sich so zu Herzen, wenn der Zeitung Fehler unterliefen.

»300 Kilo«, sagte Stefán und legte den Finger auf die Zahl, so daß Elsa es schwarz auf weiß sehen konnte.

Es bestand kein Zweifel, eine 300-Kilo-Frau lief irgendwo in Australien frei herum. Nichts zog Stefán so sehr in seinen Bann wie die Zeitung: Nachdem er sie morgens zur Hand genommen hatte, gab er sie nicht mehr her, las während der Mahlzeiten, breitete sie über sein Gesicht, wenn er sich hinlegte, nahm sie mit auf die Toilette und kam wieder mit ihr heraus.

Nun erschien eine alte Frau wie der Teufel aus dem Federmäppchen, mit einem Trenchcoat über dem Nachthemd und einem schwarzen Südwester, am Hals zusammengebunden. Sie setzte sich an den Tisch und begann auf einer Brotrinde zu kauen. Ab und an schielte sie zu Stefán hinüber und lachte sarkastisch.

»Willst du keine Milchsuppe, Mama?« fragte Elsa.

Die alte Frau lachte weiter in sich hinein, fischte ihren Geldbeutel aus der Tasche und kippte eine Handvoll Münzen auf den Tisch. Die meisten hatten ein Loch und gehörten einer vergangenen Epoche der Wirtschaftsgeschichte an.

Stefán war bereits wieder in die *Tíminn* versunken, aber Elsa sagte:

»Benimm dich nicht so, Mama, wir haben dich noch nie zahlen lassen für das bißchen, was du ißt.«

Laufey lachte weiter ihr geräuschloses sarkastisches Lachen, und sie benahm sich so, seit Elsa ihr die Wolle weggenommen hatte, als sie lose Maschenreihen vor sich hin strickte. Von da ab mußten die Jungen auf ihre langen Unterhosen aufpassen, denn die alte Frau wartete nur darauf, sie aufzutrennen und in lose Reihen zu verwandeln. Wenn man sie ausschimpfte, schützte sie völlige Gehörlosigkeit vor, legte sich, die Unschuld persönlich, in ihre Kammer und rauchte Pfeife. Sie konnte es sich leisten, ein wenig sonderbar zu sein, und mußte niemandem Rede und Antwort stehen. Obwohl Elsa sie Mama nannte, waren sie nicht einmal verwandt. Sie hatten sich in Seyðisfjörður zusammengetan, wo Laufey in einer kinderlosen Ehe mit einem Uhrmacher gelebt hatte. Es war absolut sinnlos, sie nach ihrem Leben zu fragen, sie holte stets so weit aus und schweifte derart ab, daß sie nie zum Thema kam. Vielleicht war sie zurückgelassen worden, als das 19. Jahrhundert zusammenpackte.

Eigentlich war sie eher in Dänemark als in Island, manchmal sprach sie den ganzen Tag kein Wort Isländisch. Der dänische Besamungstechniker erklärte, es sei gar kein Dänisch, aber vor langer Zeit, als Island eigentlich in Dänemark war (abgesehen von der Landschaft, versteht sich), hatte sie in Kopenhagen Massieren gelernt und Kontakt zu einem gewissen Einar Benediktsson gehabt. Manche glaubten, es habe sich um Einar Ben, den Dichter, gehandelt, es war aber zu spät, um weitere Nachforschungen darüber anzustellen.

Die Wände in der Kammer waren mit vergilbten Fotografien bedeckt, alle denkbaren Varianten von Mann, Frau und Stuhl. Sie zeigte mit dem Pfeifenstiel auf jedes einzelne Bild, aber leider hingen sie alle an dänischen Erinnerungen, und sie verstanden nur hie und da ein Wort. Wenn sie guter Laune war, zog sie eine uralte Banknote von der Größe einer Schürze hervor oder stimmte ein Lied an:

»Kalifornia er liede lann
Uhde rieje, dette del for en dalemann
Debrorieje.
Kalman kuhkan e sierpo guh dette saven
So kann mann bere en posefull
Jakomdagen!«

8 »Papa, wo hat Friðfinnur seinen Traktor her?« fragte Garðar, aber Stefán lag mit herausgestreckter Zunge im Gras und versuchte, das Schneidewerk aus der Mähmaschine zu lösen, um es zum Schärfen nach Bakki zu bringen. Stefán konnte nicht weiter als bis zum nächsten Tag denken, das Schneidewerk saß schon seit dem letzten Herbst in seiner Verankerung fest, und nun wollte es der Winter nicht freigeben.

»Hat er ihn zur Konfirmation bekommen?«

»Jetzt aber! Red keinen Unsinn«, antwortete Stefán verärgert.

Garðar stapfte mit den Händen in den Hosentaschen hinaus nach Stórutá.

Friðfinnur setzte einen Motor in die Rostlaube ein, das Unkraut saugte das Öl aus ihm heraus. Auf dem ganzen Hof standen Klapperkisten desselben Typs. Friðfinnurs Hauptbeschäftigung war es, deren Einzelteile untereinander auszutauschen, in der Hoffnung, zumindest eine von ihnen spränge an. Nebenbei war er noch Bauer und frisch verheiratet mit Frau Áslaug aus Hafnarfjörður. Stefán allerdings hatte ihm geraten, sich möglichst viele Modelle anzuschaffen und diese je nach Bedarf durchzuwechseln.

»Friðfinnur?« fragte Garðar hoffnungsfroh.

—

»Friðfinnur?«

—

»Wo hast du den Traktor her?«

—

»Hast du ihn zur Konfirmation bekommen?«

—

»Kam er mit dem Flugzeug?«

—

»Wo ist es gelandet?«

—

»Ist der Motor hier kaputt?«

»Was?«

»Ist der Motor hier kaputt?«

»Hm?«

»Bist du taub?«

»Hä?«

»Kannst du mir ein paar Teile von dem alten Motor für meine Seifenkiste geben?«

Schließlich gab er auf und ging hinein zu Filippía.

Sie hatte immer Zeit, auf seine Fragen zu antworten, und gab ihm Zimtkuchen. Frau Áslaug polierte Besteck.

»Wem gehört dieses Brett?« fragte Garðar mit vollem Mund und deutete auf ein großes hölzernes Küchenbrett. Am Rand waren Initialen eingraviert – feinsäuberlich.

»Es gehört Áslaug«, antwortete Filippía beherrscht.

»Ist das ein Hexenbrett?« fragte Garðar und zeigte auf die Buchstaben.

Filippía machte ein Gesicht, als wollte sie nicht über dieses Brett reden.

»Warum machst du so ein Gesicht?«

»Ach, Garðar, du hast jetzt genug hier rumgelungert. Deine Mama sucht dich sicher schon.«

»Sie sind nach Bakki rausgefahren«, sagte Garðar keck und lehnte sich an den Türrahmen.

Auf Litlutá war Wiesel zum Bullen geschlüpft. Sie war ein Frechdachs, Stefán wollte nicht, daß sie trächtig würde. Lísa und Andri kletterten ins Gehege, wo Schwan begonnen hatte, sich aufzuwärmen. Zuerst versuchten sie, ihn auf Distanz zu halten, indem sie Steine nach ihm warfen, aber die Steine wurden zu Schafskötteln, sobald sie den Bullen berührten. Andri wollte ihn am Schwanz festhalten, während Lísa versuchte, die Färse wegzuziehen, aber die stand wie angewurzelt da, und Andri war für Schwan nichts anderes als ein gewöhnlicher festgetrockneter Kackrest. Die Liebe ist eindeutig die stärkste Macht.

»Geh und hol eine Waschschüssel«, rief Andri. Diese stülpte er der Färse über das Hinterteil. Der Bulle hatte niemals ein lächerlicheres Verhütungsmittel gesehen, besprang Wiesel und stützte dabei ein Vorderbein auf Lísas Kopf ab, die schreiend davonlief. Die Schüssel zerbrach.

»Mann, ist das eklig«, winselte Lísa, Andri schäumte vor Wut. Zwölf Mal kam der Bulle zu seinem Recht, bevor sie das Schauspiel beenden konnten.

Zur Abendessenszeit stattete ihnen der Þingabgeordnete höchstpersönlich einen Besuch ab. In den Tagen zuvor hatte Stefán dessen Fahrten aufmerksam mitverfolgt und alle Telefongespräche abgehört, selbst angerufen und die Bauern nach Litlutá beordert. Endlich nahm er sich also Kvos vor und sprach mit den Bauern wie zu scheuen Pferden, das Zaumzeug hinter dem Rücken und Brot auf der Hand. Der Þingabgeordnete hatte sich nie zuvor derart aufopfern müssen. Folgte den Bauern hinaus auf die Felder, um mit ihnen das Wetter vorherzusagen und über die Heuernte zu beraten. Setzte sich sogar mit dem gemeinen Volk in die Küche, fragte die Kinder, wie alt sie seien, und redete dummes Zeug mit der Hausfrau. Endlich war er nach Litlutá gekommen. Stefán hatte sich auf dieses Treffen beim letzten Melken vorbereitet, die Kühe beschimpft und ihnen vorgeworfen, immer nur auf Prämien aus zu sein und sogar ausländische Bestechungsgelder zu akzeptieren.

Sie zählten acht Zigaretten, die Stefán nacheinander annahm und rauchte, bevor er sie nach draußen in den Stall zum Melken trieb. Sie trauten ihren Ohren nicht, nun, wo endlich etwas zu passieren schien, sollten sie sich unter die Kuhhintern setzen! Während sie die Kühe molken, lauschten sie und beobachteten die Kvosleute. Sie hörten, daß Stefán die Stimme erhoben hatte und fragte, was es zu bedeuten hätte, daß all die Kredite und Subventionen eingestellt würden. Wollten sie es den Bauern leichter machen aufzugeben?

Als sie mit dem Melken fertig waren, hatten die fünf Kvosbauern alle Zigaretten des Þingabgeordneten geraucht. Stefán wirkte ein wenig wie beim Schafauftrieb im Frühling, gestikulierte mit Händen und Füßen und stellte sich quer, sobald die Diskussion versuchte, sich auf Abwege zu schleichen. Vilbert von Hof war geradezu entsetzt über die Art und Weise, wie mit dem verehrten Þingabgeordneten umgesprungen wurde, und pflichtete ihm darin bei, daß es keinen Sinn hätte zu versuchen, sich gegen Fortschritt und Entwicklung zu stemmen. Als der Þingabgeordnete für einen Moment auf den Hof ging, folgten sie ihm dicht auf den Fersen, als hätten sie Angst, er könnte ihnen durch die Finger schlüpfen. Er wühlte im Handschuhfach seines Autos und kam mit Zigarren und einer Flasche Aquavit zurück. Nach drei Runden begann sich Gesang aus ihren Kehlen zu lösen, und der Þingabgeordnete, der selbst eine gefeierte Stimme war und früher im Quartett *Garpir* gesungen hatte, trug nun »Was ist so fröhlich« vor, alle Strophen. Stefán zögerte, versuchte aber hin und wieder, den Gesang zu stärken, indem er mit einstimmte. Gleich nach dem »Kalten Wüstensand« wollten er und Friðfinnur den Þingabgeordneten wegen des Staudamms ins Kreuzverhör nehmen, aber der konnte sich herauswinden und in die alten Streitigkeiten über das Gemeindehaus retten. Sollte man das alte auf Vordermann bringen oder ein neues errichten? »Gesegnet seist du, meine Heimat« wurde zweimal gesungen, dann durfte sich der Þingabgeordnete wieder auf den Weg machen. Vilberg von Hof wollte ihn allerdings nicht gehen lassen, kettete sich zu guter Letzt an die Stoßstange des Wagens und ließ sich die Auffahrt entlangziehen.

9 Stefán krümmte sich auf dem Traktorsitz, Andri saß auf der Mähmaschine und war nicht groß genug, um sich zu krümmen. Die Arbeitsgeräte befanden sich in einem gewissen Zwischenzustand: Zwar hatte Stefán im letzten Jahr einen Kredit für den Traktor bekommen, aber eine Mähmaschine konnte er sich nicht leisten, alle weiteren Kredite hatte man eingefroren, nachdem der Staudamm beschlossen worden war. Infolgedessen montierte er die alte Mähmaschine an die Anhängerkupplung des Traktors und setzte Andri darauf, der das Schneidwerk kontrollieren sollte.

Krúsi, Lísa, Elsa und die Kinder waren mit der Seeschwalbe aufs Feld gekommen und begannen das Heu einzusammeln. Stefán sang, der blaue Himmel schien kein Ende nehmen zu wollen, bis der Regen aus ihm hervorbrechen würde. Alle zogen sich obenrum aus, mit Ausnahme derjenigen, die etwas zu verbergen hatten. Andri hatte sich noch nie so wichtig gefühlt, er war geradezu unersetzlich. Maggi zum Beispiel hatte zu kurze Beine und war außerdem zu gedankenlos: Wenn man nicht aufpaßte, konnte man in die messerscharfen Klingen fallen. Maggi sollte die Fuhren im Stall verteilen, hatte es sich im Heu aber derart gemütlich gemacht, daß er sich nicht mehr aufrappeln konnte und die Zeit damit verbrachte, sich eine Frist zu setzen und diese mit jeder vergehenden Minute weiter hinauszuschieben.

Die Seeschwalbe hatte mittlerweile einen grünen Bukkel. Stefáns Rücken war feuerrot. Hin und wieder riß er sich den Scheitelschoner vom Kopf, kratzte sich und klebte ihn wieder an. Sie hatten die ersten Bahnen gemäht und das Feld eingegrenzt. Andri vertrieb sich die Zeit damit, die endlose Weite zu überblicken und zu schätzen, wie viele Runden es würden. Sah zu, wie das Gras dem Schneidwerk zum Opfer fiel, nahm hie und da einen Löwenzahn, der am Rande der Bahn stand, ins Visier, und fragte sich, ob die Klingen ihn erreichen würden. Er rückte immer näher, um ihn herum waren die Löwenzahnkinder, es war extrem knapp, aber er entkam. In der nächsten Runde mußte er natürlich als erster dran glauben. Manchmal stellte er sich die Bahnen als Menschenleben vor. Die Sense = der Tod. Das Gras = die Stunden. Zuerst war er ein Kind und hatte nicht einmal einen Überblick über die gesamte Breite, das Leben ein sorgloses Huhn. Mit dem Fallen der Halme wurde er ein Jugendlicher, ein junger Mann, ging hinaus ins Leben, heiratete und machte Sonntagsausflüge mit der Familie, kaufte Eis und verlor nicht die Geduld, auch wenn die Kinder lärmten und ihr Eis auf die Sitze kleckerten.

Ist es nicht gewaltig, daß sich das Leben des Menschen irgendwo im Nichts befindet, wo es mit unerschütterlicher Geduld wartet? So sehr du dich auch bemühst, du kannst es nirgendwo finden außer in dir in diesem Augenblick, dennoch existiert es draußen in der Ferne, ebenso sicher wie jenes Leben, das sich hinter dir aufstaut. Irgendwo gibt es einen Jungen und ein Mädchen, die einander noch kriegen müssen und noch nichts voneinander wissen, vielleicht sind sie sich auf einem Straßenfest begegnet, im Kino, auf dem Fußballplatz – vielleicht haben sie sich gestreift, in die Augen gesehen, und obwohl sie einander gegenüberstehen, liegt doch noch unüberbrückbare Zeit zwischen ihnen. Auch wenn du nicht den Finger auf sie legen kannst, verläßt die Zeit dich doch nie, und wenn du dich im Schrank einsperrst, spürt sie dich auf und macht auch dort weiter. Du kannst aufhören, sie zu fühlen, indem du dich berauschst, aber sie wird dich dennoch weiter zu jenem Punkt treiben, an dem sie dich verläßt.

Und die Grashalme fielen weiter, ehe er sich versah, war er ein zittriger Greis geworden, das Leben nichts weiter als zwei, drei Sensenbreiten, am Ende gar nichts. Aber anstatt zu sterben, sprang er von der Maschine herunter und war wieder zwölf Jahre alt, außerdem völlig ausgehungert. Mit dreißig Sachen fuhren sie heim zum Kaffee.

10 Alle halfen bei der Stallarbeit mit, die Kühe waren innerhalb weniger Minuten versorgt, und bevor sie bis zwei zählen konnten, waren sie schon hinausgetrieben.

»Ich mag so eine Arbeitsweise nicht«, sagte Guðbjörg.

»Laß uns die ganze Nacht durchlaufen und nie zurückkommen«, sagte Rós.

»Und in den Fluß plumpsen?« fragte Lind.

»Dann hätte das Elend ein Ende«, ächzte Hallgerður.

Dennoch waren sie froh, einen romantischen Abend zu verleben: Vom Boden stieg jener benebelnde Pflanzenduft auf, von dem die Fortsetzungsgeschichten im Radio erzählen, alles war betrunken. Mitten durch diese zarte Abendlichkeit hindurch stürmte die Seeschwalbe schreiend und zeternd hinaus auf die Hauswiese. Garðar und Nunna heulten, weil sie nicht mehr raus durften.

»Morgen ist auch noch ein Tag«, sagte Elsa.

»Morgen ist kein verdammter Tag mehr!« schrie Garðar. Elsa wusch ihnen hastig das Gesicht, und es machte nichts, daß sie ein bißchen Seife in den Mund bekamen nach all dem Nörgeln. Als die Lesung im Radio begann, saß sie strickend und rauchend im Wohnzimmer, die Kinder steuerten mit vollen Segeln in Richtung Traumland, und wenn es nur einen halben Engel in diesem Lande gegeben hätte, wäre er angeflogen gekommen, um sie sich anzusehen, feuerrot und verbrannt von Sonne und Seife.

Lísa und Andri trampelten, Krúsi und Stefán schaufelten. Manchmal fuhr Andri die Seeschwalbe von einer Bahn zur nächsten, aber meistens Stefán, da er von Autos besessen war. Krúsi lebte in irgendeinem Singsang, immer dieselbe Zeile, wieder und wieder. Betonung und Feinheiten je nach den Umständen. Er hatte sie sich angewöhnt, als man die Südlandstraße legte und er mitten in der Nacht am Steuer einschläft, nachdem er drei Tage lang ununterbrochen gefahren ist. Er sagt, keine Ahnung gehabt zu haben, wo er sich befand, aber in der Nacht träumt er, daß eine junge, dicke Frau mit blonden langen Haaren in einem roten Kleid zu ihm kommt. Als sie sich die Socken auszieht, hört man eine wundersame Stimme singen: »Das Leben sie sah in deren Glanz«, wieder und wieder. Als sie sich das Kleid auszieht, wacht er auf, durch die Frontscheibe ist das weite Flachland des Südens zu sehen, durch die Seitenfenster ein Steilhang. Er kommt aus dem Auto, indem er die Heckscheibe einschlägt und hindurchkriecht. Seitdem hatte er diese Zeile immer auf den Lippen. Meistens sang er sie in neckischer Heiterkeit mit zusammengekniffenen Augen, manchmal brachte er sie vor Lachen nicht heraus, aber wenn etwas nicht in Ordnung war, trug er sie mit Nachdruck vor. Wenn Andri und Lísa auf der Heuladung herumspielten oder gar herunterfielen, summte er sie in Großbuchstaben.

»Jetzt aber Schluß, Kinder!« sagte Stefán entsetzt.

Gegen Mitternacht fuhren sie die letzte Ladung von der Hauswiese, die stoppelig zurückblieb. Auf dem Heimweg sagte Lísa zu Andri, er solle ganz ruhig liegenbleiben, sie wolle ihn mit Heu bedecken, warf sich dann aber über ihn und küßte ihn fest auf die Lippen. Er schnellte hoch wie eine gespannte Feder, spuckte aus und wischte sich über den Mund, Lísa krümmte sich vor Lachen.

»Ätsch, läßt sich von Mädchen küssen«, johlte sie.

Er fiel über sie her, setzte sich rittlings auf ihren Bauch, verpaßte ihr einen dicken Schmatzer und ließ wieder von ihr ab.

»Der Arme, kann nicht mal küssen«, sagte Lísa.

»Besser als du, die einen nur ansabbert.«

»Ich bring's dir bei«, sagte Lísa, »bleib ganz ruhig.«

Aber Andri dachte nicht daran, sich zu rühren, warf ihr nur ein bißchen Heu ins Gesicht. Als er sah, daß sie fast zu Hause waren, ließ die Entschlossenheit seines Widerstandes nach und verringerte sich weiter mit jedem Meter, bis er spürte, daß sie Brüste hatte und er zwei Zungen in seinem Mund.

VII.

1 Die weiße Kiste wartete nicht darauf, ins Himmelreich geschossen, sondern in der Erde versenkt zu werden. Die Weggefährten ihres Inhalts schneiten in die Kirche herein, husteten, räusperten sich und fingen an, auf den Bänken zu schmelzen. Musik ertönte und wühlte die Leute auf, vielleicht weil ihnen die Klangfarbe unaufhaltsames Fortschreiten und Ausweglosigkeit ins Bewußtsein rief. Sobald der Pastor seine Rede begonnen hatte, befanden sie sich wieder in jenem Zustand der Teilnahmslosigkeit, in welchem wir zuhören, ohne zu hören, und hinschauen, ohne zu sehen. Draußen auf dem Friedhof wartete eine Grube, Wasser rann aus den Bodenschichten, welche die Erde in ihrer Zeitlosigkeit gebacken hatte.

Irgendwann einmal hatte diese Zeremonie eine Bedeutung gehabt. Die Gemeinde war ein Körper, und die Unmittelbarkeit der Naturgewalten machte das Leben zu einem Drama. Der Priester war der Steuermann der Gruppendynamik. Nun war die Bedeutungsquelle versiegt, und die Leitungen der Leute zu ihr waren verkalkt. Immerhin stand die Bedeutungslosigkeit der Zeremonie nicht im

Widerspruch zur Sinnlosigkeit des Lebens der Menschen. Wenn man nicht achtgibt, kann Der Tod ein bedeutungsloses Leben unerträglich machen. Deshalb wird noch weniger über ihn geredet als über Geschlechtsverkehr.

Ásta kämpfte mit den Tränen, während der Pastor wie ein Marmeladenglas über das sprach, von dem er meinte, es läge im Sarg. Allerdings machte er überhaupt nichts aus all jenen wichtigen Informationen, die man ihm hatte zukommen lassen. Zum Beispiel verlor er kein Wort darüber, daß sie ihr Leben lang allen Widrigkeiten zum Trotz Valur-Anhängerin gewesen war. Dagegen wurde lange und ausführlich über Haraldur Ólafsson, den Geschäftsmann, den Macher, geredet, der glücklicherweise ihr Schwiegersohn wurde und ihr Pflegeheim bezahlte in jenen zwei Jahren, die sie noch lebte, nachdem er ihr Haus verkauft hatte.

An dieser Stelle ertönte ein langes Schnupftabaksschneuzen aus dem hinteren Teil der Kirche und setzte den Schlußpunkt hinter das Leben dieser alten Frau, die im flachsten Flachland des Hochlandes geboren und aufgewachsen war, wo es nichts als Moor gibt, so platt, daß man sich auf den Bauch oder den Rücken legen muß, um ein Privatleben zu haben. Bauernhöfe wie aus der Landschaft gewucherte Riesengrashöcker. Sie waren zwölf Geschwister, manche lebten nur ein paar Stunden, andere wurden so schnell groß wie der Krause Ampfer im Gras und fuhren zur See oder arbeiteten als Tagelöhner gleich nach dem Vaterunser. Guðjón. Nach zehn Jahren Tagelohn und Seefahrt hatten sie keine Aussicht mehr darauf, irgendwann einmal selbst einen Hof zu führen, wollten aber dennoch eigenständig sein, Kinder haben und eine Kaffeekanne. Sie verkauften das liebe Vieh und ein Huhn, setzten all ihr Hab und Gut auf Rot und machten sich auf nach Reykjavík. Dies geschah in jenem Jahr, als Freuds Traumdeutungsbuch erschien, in welchem gezeigt wird, daß der Mensch ein Unterbewußtsein hat und von seinen Geschlechtstrieben gesteuert wird. Auch wenn es bald vierzig Jahre her war, daß Marx *Das Kapital* herausgebracht hatte, kam ihnen nicht in den Sinn, daß die Gesellschaft dem Untergang geweiht sein könnte. Zwecklos zu versuchen, sich hineinzuversetzen in das, was ihnen auf dem Weg nach Reykjavík durch den Kopf oder über die Lippen ging. Manchmal leisteten andere ihnen Gesellschaft, Betrunkene und nicht Betrunkene, Mittellose wie sie selbst. Die meisten hielten den Gedanken, Arbeit zu bekommen, für abwegig.

Reykjavík, die Hauptstadt Islands, fünftausend Einwohner. Guðjón führte Pferd und Frau den Laugavegur hinunter. Hellbrauner Staub wirbelte auf, der Frau wurde schwindelig von dem, was später in der Krisenliteratur einen Namen bekam: Rubel und Trubel. Unten in der Lækjargata machte er halt und ging in einen Laden, um nachzufragen. Kam wieder raus mit Jón von Bakkasel, der mit ihm auf See gewesen war. Um es kurz zu machen: Er schleift sie zu einem kleinen Haus auf der Ostseite des Hügels. Dort oben unter dem Dach sitzt niemand außer Anna. Am Abend machten sie Pfannkuchen und spielten Karten, am nächsten Morgen nahm Jón Guðjón mit nach Eyri, wo beide Arbeit bekamen.

Als der Sarg ins Grab gelassen worden war, sah Jón noch lange in die Grube, bevor er sich bekreuzigte und zu Ásta drehte:

»Ich spaziere am Wochenende immer Richtung Westen, auf eurer Seite sind jetzt ein Zahnarzt und ein Friseur.«

»Nein, das ist der Schönheitssalon *Mitesser*«, antwortete Sista.

»Ja«, sagte Jón, »die armen Kerle.«

Selbst hatte er seine Hälfte an die Schulden seines Sohnes verloren, als der den Versuch unternahm, sich eine Behausung zu bauen.

Haraldur empfand die Gegenwart der weinenden Frau als unangenehm und anstrengend. Unglaublich, daß diese zwei Menschen einmal so fest miteinander verbunden gewesen waren. Als sie vom Friedhof schlitterten, fluchte er und meinte, er müßte sich schleunigst Winterreifen zulegen. Mehr konnte er nicht sagen, die Kluft zwischen ihnen war unüberbrückbar.

2 Hört das Leben nie auf, einen zu quälen? Sista, die vor noch nicht allzu langer Zeit vor dem Spiegel gestanden und sich schwarze Punkte ins Gesicht gemalt hatte, stand nun immer noch da und bekämpfte rote Punkte.

»Hast du Papa gesehen, seit er wieder da ist?« fragte Andri.

»War er weg?« fragte Sista. Seit der Umsatz der Firma stieg, war er permanent auf dem ganzen Planeten hinter neuen Kunden her. Natürlich besorgniserregend für einen Menschen, der Schuppenshampoo importiert, daß eines Tages ein Mittel auf den Markt kommt, welches alle Schuppen auf der Welt beseitigt und dazu all jene, die von Schuppen leben. Nun hatte er noch einen Modesalon übernommen.

»Er hat jetzt eine Perücke«, sagte Andri.

»Was hat er?«

»Eine Perücke.«

Sista stand mit der Cremedose in der einen Hand und Watte in der anderen da und konnte den Mund weder zu- noch aufmachen.

»Wie kann er uns das antun!« stöhnte sie schließlich.

»Sie ist fest angenäht«, fügte Andri hinzu.

»Nein danke, ich ziehe aus, ich lasse mich nicht zum Idioten machen.«

»Das ist nicht nötig, er ist schon gegangen.«

»Wohin?«

»Weg. Er hat wahrscheinlich eine Affäre mit einer Frau.«

»Andri«, flennte Sista, »was habe ich dir getan?«

»Ich schwöre es, die Sekretärin.«

»Und woher weißt du das?«

»Ich bin eben mehr zu Hause als du, du schläfst ja jede zweite Nacht bei diesem Keli, oder wie der Versager heißt, mit dem du zusammen bist.«

»Gott, du bist das Widerlichste, was ich kenne!«

3 Ásta fuhr in die Garage, schloß das Tor und stellte den Motor ab. Ließ ihn wieder an und erschrak, als jemand gegen das Garagenfenster klopfte: Binna! Als sie sich umarmt hatten, lachten sie, dann weinten sie, oh Gott, sie wußten gar nicht, wo sie anfangen sollten, nach all den Jahren, all dem, was geschehen war. Was war geschehen? Binna war die Witwe eines Geschwaderkommandanten, ihre Ziehtochter Tierärztin. Als sie sich beruhigt hatten, gingen sie in die Stadt. Binna fand keine anderen Worte als »Jesus!« und »Mein Gott!«, alles war so verändert.

»Dieser Ort ist so niedlich«, sagte Binna auf den Þingvellir. »Trotzdem hat er etwas an sich, das an ein bankrottes Amphitheater erinnert.«

»Du warst nicht mehr hier, als vierundvierzig die Republik gegründet wurde. Kein anderer Ort war jemals so lebendig. Er war Kulisse und Hauptdarsteller zugleich. Ich hatte gerade Sista bekommen und Mama gebeten, auf sie aufzupassen, dann fuhren Haraldur und ich mit dem Bus her. Ich erinnere mich noch, daß mir die ganze Zeit Milch aus der Brust tropfte. Man hatte das Gefühl, Elfen, Trolle und Zwerge wären ins Land zurückgekommen und wollten sich niederlassen. Es war, als ob die Seele endlich den ganzen Körper ausgefüllt hätte. So was hat es danach nie wieder gegeben.«

4 Als Haraldur weg war, mußte Sista Keli nicht mehr verheimlichen. Sobald sie aus der Schule kam, stellte sie sich vor den Spiegel und machte sich an ihren Pickel. Elvis Presley war ihr Mann, zu Andri, Kalli und Doddi sagte sie nur: »Jungs, ihr seid solche Babys, daß ich heulen könnte.« Keli dagegen war Automechaniker, fuhr mit den Überresten eines Sportwagens durch die Gegend und schleuderte den Kies vom Hof in den Nachbargarten, wenn er wild hupend den Motor anließ. Die Tür hatte Sistas Ferse noch nicht zertrümmert, als sie ihr das Tagebuch klauten:

»›Oben auf Geitháls Cola und Hotdogs mit allem. Gott, ich rauche wie ein Schlot. Alles wie gehabt. Rósa ist mir ein bißchen zu pomade. Ich sterbe oder drehe durch. Gott schenke dir eine gute Nacht.‹«

Kalli hielt es für eine Art Geheimsprache und schwang sich zum unverzichtbaren Geburtshelfer der wahren Bedeutung auf. Er biß sich auf die Lippen und blickte durch das Buch hindurch, Andri und Doddi warteten zwischen Hoffen und Bangen. »Ein Hotdog mit allem … ein Hotdog mit allem«, murmelte er und kratzte sich am Kopf, bis er plötzlich aufschrie:

»Endlich! Endlich! Cola und Hotdog mit allem, es ist ganz klar, sie haben es miteinander getrieben.«

Doddi machte ein Gesicht wie ein Kind, das seiner eigenen Geburt beiwohnt, Andri wollte widersprechen und ging das Buch noch einmal durch. Manchmal schrieb sie »Keli« über eine ganze Doppelseite, anderswo konnte man den Weg der beiden durch die Kinos der Stadt nachverfolgen: *Wie glücklich ist unsere Jugend, Strahlen der Abendsonne, Glückseliges Kampfgeschwader.* Nach dem Kino deckten sie sich mit Süßigkeiten ein und fuhren im Auto spazieren. Auf Island übernehmen Autos die Rolle von Cafés. Diejenigen, die kein Auto zur Verfügung haben, hängen in Läden herum, stehend, denn die Vorschriften verbieten Stühle, um nicht dem Sittenverfall Vorschub zu leisten. Mancherorts wechseln sich die Leute damit ab, auf der Toilette zu sitzen.

Andri mußte sich eingestehen, daß sie nun zum ersten Mal einen Hotdog mit *allem* gehabt hatte. Er dagegen wollte ihn mit nichts anderem als Zwiebeln, Ketchup und Senf.

5 Obwohl Haraldur in Spanien war, kamen dann und wann Anwälte vorbei und notierten Haus- und Hofinventar. Binna wollte Ásta aufmuntern und lud sie ein, mit nach Hornstrandir zu kommen, um ihre alte Heimat wiederzusehen.

Die Erwachsenen hatten dieses sinkende Schiff erst verlassen, als es sich mit Kindern füllte, die sich mit Telefonstreichen, Tabak und Kakaopulver die Zeit vertrieben. Manchmal fanden Klassenpartys statt, mit gelöschtem Licht und Stehblues. Axel hatte Einar und Lalli, die den Rest bespitzelten, konnte aber nie etwas beweisen. Manchmal erwähnte er sie indirekt, wenn er eine Rede hielt: »Die Jugend von heute ist großkotzig und hat keinen Respekt vor niemandem« – das waren sie. »Aber natürlich gibt es ehrenwerte Ausnahmen« – das waren Lalli und Einar. Sie fanden es dufte, die »Jugend von heute« zu sein.

Er liebte Magga. Nichts spielte eine Rolle außer dieser Liebe. Die Wirklichkeit war nur ein Werkzeug, um sich über ihre Gefühle klarzuwerden. Eigentlich hatte er noch nie mit ihr unter vier Augen gesprochen – nichts zwischen ihnen, außer einmal einer Kartoffel. Auf der letzten Party waren sie in einem gemeinsamen Kartoffeltanz gelandet, und lange nachdem die anderen Kinder ihre Kartoffel hatten fallen lassen, schwebten sie durch den Raum mit nichts zwischen sich außer einem Erdapfel, der nicht herunterfiel, bis er sie sacht küßte, aber niemand bemerkte es, und sie tanzten weiter Wange an Wange, bis Kalli schrie: »Sie sind raus!«

Magga hatte die Fähigkeit, ihre Umgebung in permanenter Ungewißheit zu halten. Mal dachte er, alles wäre klar, der Glückston so schrill, daß er durchdrehen wollte, mal so leise, daß er kaum zu hören war. Manchmal brach er in Schweiß aus, wenn er merkte, daß er vergessen hatte, wie sie aussah. Dann erinnerte er sich immer an ihren Mund, und um diesen herum konnte er den Rest ordnen. Den Biologen zufolge ist der Mund nur die Öffnung zur Speiseröhre, aber ihr Mund war über alles Stoffliche erhaben. Vielleicht waren ihre Lippen eine Nummer zu klein und mußten daher etwas mehr gestikulieren: Sie zogen sich zusammen, strafften und spitzten sich. Er liebte all ihre Gesichtsausdrücke, bis auf diese gnadenlosen. Manchmal schien es, als verachtete sie alles so sehr, daß sie sich auf nichts wirklich einlassen konnte. Es war, als fehlte ihr jene Schwelle, die einem zeigt, wann es genug ist. Doddi schlug vor, gegen Axel und die Schule zu revoltieren, und steckte wortlos seinen Stundenplan in Brand. Kalli zerbrach seinen Bleistift. Magga öffnete ihre Schultasche, kippte sie über einer Pfütze aus und warf sie über den Zaun.

6 Einmal, als sie aus der Schule kamen, waren Sista und Keli noch nicht aus dem Bett gekrochen, im Wohnzimmer Flaschen und randvolle Aschenbecher. Ein Freund von Keli schlief in der Badewanne. Gleich nachdem die drei gegangen waren, schnappten sie sich das Tagebuch. Was waren sie enttäuscht, als sich eine leere Seite vor ihnen auftat: Sie hatte aufgehört, Tagebuch zu führen.

Kalli brach zusammen und sah keinen Sinn mehr im Leben. In diesem Moment kam Andri mit dem Massagestab an. Der Bedienungsanleitung zufolge war er dazu da, Fettleibigkeit und Gicht zu bekämpfen, aber obwohl Andri weder unter dem einen noch dem anderen litt, hatte er damit am Abend zuvor unter der Bettdecke gespielt und wird plötzlich von einem sanften Donnerschlag am Kopf getroffen und entschwebt in neblige Traumwelten, bis er nichts anderes mehr wagte, als das Gerät auszustellen, aus Angst, als nächstes könnten ihm die Augen herausfallen, die Zunge in den Rachen rutschen oder das Herz aus seiner Verankerung springen. Die Aufopferungsbereitschaft des Wissenschaftlers ließ ihn noch einen Durchgang auf sich nehmen. Etwas Vergleichbares hatte er nie erlebt.

Die anderen auch nicht. Sie stierten mit geweiteten Pupillen die weiße Wand an und zauberten mit Hilfe des Gerätes weibliche Einzelteile hervor, gelegentlich einen ganzen Körper. Doddi besorgte es sich am liebsten, während er einen Oberschenkel in schwarzer Netzstrumpfhose an die Wand projizierte und das schneeweiße Fleisch, wo der Schenkel in Haare übergeht. Andri fing an wie in einer Oper: eine große Bühne, ein Wald, ein See und zwei dicke planschende Meerjungfrauen. Unmittelbar bevor ihn der Ruf ereilte, verlor er die Kontrolle über seine Bilder und sah durch ein kleines Loch weißes, sich windendes Fleisch.

Kalli weigerte sich, seine Phantasien preiszugeben.

7 Natürlich sehnte er sich nach jener Tiefe, die zwei Menschen erreichen. Vielleicht würde sie ablehnen; Frauen sind so verdächtig gesellig. Oft hatte er alles bis ins letzte Detail geplant, den Einstieg geprobt, den Mittelteil und den Schluß. Schließlich sah er sich den Film an, um ganz sicher zu gehen. Seit einem Monat war die allerletzte Vorführung angekündigt worden. Nun hieß es: jetzt oder nie.

Nach der Schule erwischte er sie abseits und fragte mit stechendem Blick:

»Willst du ins Kino gehen?«

»Jetzt?« fragte sie (es war zehn Minuten nach zwölf).

»In die Fünfuhrvorstellung.«

»Ja, ja«, antwortete sie gleichgültig und grinste. »Welcher Film?«

Seine Zunge wurde schwer: *»Die berauschte Gesellschaft.«* (Auf Isländisch klingt immer alles idiotisch.)

Sie mußte ihn für einen Volltrottel halten. Er hatte alles falsch und sich selbst lächerlich gemacht.

Als das Kassenhäuschen aufmachte, streckte er die Hand durch die Luke und bat um zwei bessere Plätze, oben. Die Verkäuferin dachte, es handelte sich um einen bewaffneten Überfall: starrte hilflos auf die Hand, die sich öffnete und ein paar Münzen fallen ließ. Sogleich dämmerte ihr, mit was für einer Niete sie es zu tun hatte, bat ihn höflich, er möge seine Pranke entfernen, und machte die Luke zu.

»Die Karten!« rief er.

»Bitte durch die Öffnung sprechen.«

Er war so wütend geworden, daß er für einen Augenblick nicht mehr wußte, wo er war, und wie im Schwimmbad um einmal Frau und einmal Mann, oben, bat.

Das Mädchen sah ihn kühl an, als sie ihm die Karten gab.

Es war zwei Uhr.

Um fünf war sie immer noch nicht gekommen. Der Kartenabreißer sah, daß er unruhig wurde, und erlaubte ihm, hineinzugehen und nachzusehen, ob sie schon drin war, wie auch immer das hätte geschehen sollen: Er war seit anderthalb Stunden nicht von der Tür gewichen. Hatte dem Kontrolleur erzählt, er wollte sich mit seiner Cousine einen Film ansehen. Es war einer jener Kontrolleure, die niemandem glauben, die Stirn runzeln und alles anzweifeln. Als sie schließlich fünf Minuten nach fünf erschien, hatte er die Karten verloren. Hektisch krempelte er all seine Taschen um und bemerkte erst nach einigem Hin und Her, daß er sie in der Hand hielt.

Der Film. Er genoß jede Sekunde, spielte keine Rolle, daß er ihn schon gesehen hatte, jeder Zentimeter wie ihm aus tiefstem Herzen gesprochen. Frank Sinatra ist der Mann von Grace Kelly. Ein hoffnungsloser Trinker, der süßliche Schnulzen zum besten gibt. Susanna Heyworth, die Ehefrau von Bing Crosby, ist drogenabhängig, trotz ihres prunkvollen Heimes und der ehrgeizigen Kinder. Grace und Frank laden zu einem Ball, Louis Armstrong und Band spielen Tanzmusik. Bing will Susanna aufmuntern und geht mit ihr hin. Früh am Abend fällt Frank in den Pool, die Bediensteten bringen ihn ins Bett. Bing tanzt mit Grace, sie gehen hinaus in den Garten, der Mond strampelt im Wasser, und Bing singt: »Von mir zu dir.« Als sich ihre Lippen berühren, sind die Zuschauer nicht mehr sie selbst, eins geworden mit den Filmhelden.

Als sich Bing und Grace küßten, nutzte Andri die Gelegenheit und ergriff Maggas Hand, die zurückschreckte, als hätte sie eine heiße Brennschere angefaßt. Der Schwerpunkt des Lebens verschob sich von der Leinwand hinüber in ihre Hände. Jener gigantische Technicolor-CinemaScope-Komplex strömte aus den Fingerspitzen des einen in die Handflächen des anderen. Er drückte ihre Hand, und als sie zurückdrückte, hüpfte ihm etwas den Hals hinauf – das Herz?

Zwar hatte Magga den Film auch schon gesehen, genoß es aber, diese verwickelten Fäden des Herzens wiederaufzunehmen, im selben Moment die Hand zu einem anderen Herzen haltend. Ihre Arme berührten sich, langsam neigte er den Kopf zur Seite und flüsterte ihr ins Ohr, das sich in Hammer, Amboß und Kneifzange teilte:

»Ich liebe dich.«

Diese Ansammlung von Lauten ließ das Trommelfell vibrieren, der Hammer schlug auf den Amboß, die Zange kniff in den Nerv – Stoßdruckwellen lösten sich, der Transformator versuchte sie zu drosseln und voneinander zu trennen, sie lehnte ihren Kopf an seinen, sie waren zu einem Nervensystem verschmolzen.

Es wurde hell. Sie sahen sich verlegen an. Es ist ganz einfach, in einem amerikanischen Sing- und Tanzfilm zu leben, etwas anderes, um sieben Uhr abends auf Island mit einem eingeschlafenen Bein zu sich zu kommen, nachdem man gerade zu weit gegangen ist, unter dem Einfluß eines Musicals. So sind Kinos nun mal: Man kauft sich für anderthalb Stunden in ein perfektes Leben ein, dann gehen die Lichter an, und man wird vor die Tür gesetzt.

Sie fragten sich gegenseitig, wie ihnen der Film gefallen hatte, und sprachen wie alte Hausärzte über die Probleme der Figuren. Andri schloß die Augen und ergriff ihre Hand. Im selben Moment lief er gegen eine Parkuhr. Gott, wenn sie jemand sähe, dachte sie und wünschte sich, sie wären in Australien. Sie gingen zum Tode verurteilt die Bankastræti entlang und atmeten auf, als sie aus der Innenstadt heraus waren, wo einen alle anstarren. Oder starren einen gar nicht alle an? Wie auch immer, in der Tjarnargata kamen ihnen plötzlich ein paar Hundert Leute entgegen, brüllend und singend. Träumten sie? Sie drückten sich an einen Gartenzaun und sahen zu, wie der Menschenfluß vorbeiströmte. Auf einmal bemerkten sie Doddi im Wellengang und schwammen zu ihm hinüber. »Island aus der Nato, Soldaten raus!« skandierte die Menschenmenge. Die beiden verstanden, in was sie hineingeraten waren, und ließen sich mit dem Strom in die Stadtmitte treiben.

»Bist du's?« fragte Andri.

»Ja«, sagte Doddi schwärmerisch.

»Ich kenne nichts Lächerlicheres als solche Märsche«, sagte Magga.

»Das seid nicht ihr, die da sprechen, sondern das Morgenblatt«, sagte Doddi glücklich.

Aber für sie war es ganz klar, auf der einen Seite J. F. Kennedy, Jacqueline und die Kinder – fleischgewordene Perfektion, Vorbilder. Auf der anderen Seite Chruschtschow in einem Anzug aus der Heulbojenfabrik und Nina mit der Warze. Auf der einen Seite der Gefängniswärter der Sowjetvölker, der den Richterhammer, welchen das isländische Volk für die Vereinten Nationen hatte schnitzen lassen, zerbrach – auf der anderen Seite der Führer der freien Welt, ein rückenschwacher Glückspilz im Schaukelstuhl.

Jóhannes úr Kötlum hatte seine Rede begonnen, aber die Unabhängigkeitsjugend kappte die Lautsprecherkabel, und die herrlichen Worte des Dichters verflüchtigten sich eines nach dem anderen im Wind, wo die Vögel mit ihren Schnäbeln nach ihnen schnappten.

8 Es war zu einem festen Ritual geworden, die Mädchen in der Reihe zu betatschen, schließlich trugen sie nun Mohairröcke und Blusen und versuchten so auszusehen, als wäre alles in Ordnung. Andri stand feierlich abseits, er betrachtete sich als verlobt. Auch Doddi war etwas seltsam, redete über nichts anderes als Politik und Propaganda. Sein Ausgangspunkt waren die ungedeckten Schecks, über welche die Klatschpresse jüngst geschrieben hatte. Zuerst drehte sich die Angelegenheit um irgendeinen unbedeutenden Taxifahrer, der plötzlich aufflog. Infolgedessen wurden einige hochgeschätzte Geschäftsmänner entlarvt (darunter Maggas Papa), die sich wie lichtscheue Würmer unter Steinen verkriechen und versuchen, sich in der Erde zu vergraben, wenn ihr Versteck gelüftet wird. Als nächstes erahnte man die stützenden Kräfte und Wohlstandsbäuche der Gesellschaft höchstselbst, und so blieb den Zeitungen nichts anderes übrig, als sich das Maul zu stopfen. »Da seht ihr, was praktizierte Rede-, Versammlungs- und Reisefreiheit ist«, sagte Doddi triumphierend.

Wie nun alle dort in dieser dämlichen Reihe stehen, um den Morgengesang anzustimmen, und Söngólfur die Melodie in »Vater der Seelen« nicht findet, aufsteht und in das Klavier hineinschaut, als wäre sie dort – stürmt Axel heran, greift sich Andri, Kalli und Doddi heraus und schubst sie vor sich her die Treppe hinauf. Allen klappte die Kinnlade runter, ihnen dreien am meisten. Axel zog ein Gesicht wie ein fauliger Seewolf, polterte mit ihnen die Stufen hinauf, in den Flur und machte vor der Tür des Schuldirektors halt. Wäre er nicht so sauer gewesen, hätten sie vermutet, es sollte ihnen ein Preis verliehen werden … dafür, wie dumm sie waren oder so was.

»Hier sind sie«, sagte Axel zum Direktor, der gerade telefonierte und Axel ein Zeichen gab zu gehen. Er trug immer noch jenen dunklen Anzug, den er sich angeschafft hatte, als der König und die Königin von Dänemark zu Besuch kamen, um zu beweisen, daß sie nicht beleidigt waren. Er legte den Hörer auf, nahm müde die Brille ab, grübelte und setzte sie wieder auf. Spiegelte sich eine Weile in der Tischplatte und öffnete den Mund. Sie warteten gespannt darauf, daß er Luft an seine Stimmbänder ließ, aber da klingelte erneut das Telefon. Während er den Hörer abhob, schaute er sie an, als wäre noch nicht alles aus für sie. Sie wagten nicht einmal, sich gegenseitig anzusehen. Das Telefonat war zu Ende.

Einar und Lalli hatten gepetzt.

Als er sie ausgequetscht und das Thema des Tages ausführlich erörtert hatte: »Es braucht nur ein schwarzes Schaf in der Herde«, forderte er, der Massagestab hätte in den Besitz der Schule überzugehen, bis der Eigentümer ausfindig gemacht wäre. Anschließend vergrub er sein Gesicht in den Händen, als wüßte er nun auch keinen Rat mehr. Die Leute in der Stadt halfen ihnen und riefen an, ohne zu wissen, in was sie sich einmischten. Mochten die Stimmen auch unsichtbar sein, sie zogen doch alle an bestimmten Fäden des Direktors: Mal sprach er herrisch, mal unterwürfig. Im Flüsterton, als seine Frau anrief, um zu fragen, was sie zu essen machen sollte, er wollte ihnen keinen Einblick in sein Privatleben gewähren und konnte sich unmöglich zwischen Ragout und Blutwurst entscheiden.

»So etwas ist mir noch nie untergekommen«, seufzte er. »Ich kann euch nicht von der Schule werfen, ihr seid im Schulpflichtalter. Die Sache der Polizei übergeben kann ich auch nicht – sonst stürzen sich die Zeitungen darauf. Was denkt sich die Jugend von heute eigentlich? Euch fehlen die Ideale, der Glaube an die Heimat – was meint ihr, wie weit es Gunnar von Hlíðarendi mit eurem Verhalten gebracht hätte? Wegen Individuen wie euch verlieren wir den Kontakt zu unserer Geschichte.«

Oberstudienrat Þórður kam herein, leichenblaß:

»Man hat ihn erschossen!«

»Erschossen? Wen?« fragte der Direktor gleichgültig.

»Präsident Kennedy!«

Im selben Moment füllte sich das Lehrerzimmer mit Lehrern, die ihren Unterricht beendet hatten. Die Nachricht schlug einen nach dem anderen nieder. Alle versammelten sich um das Radio, »Was wird mit Jacqueline und den Kindern?« fragte der Direktor gerührt. Manche sahen das Ende der Welt nahen. Die drei schlichen hinaus.

VIII.

1 Der Bus hurrate singend durchs Land. Die Prüfungen waren vorbei, die Noten noch nicht vergeben, am Ende des Ausflugs warteten die Erwachsenenjahre. Axel hatte Unnur aus der B-Klasse mitbekommen, sie war auch unverheiratet, was zur Folge hatte, daß Axel sehr nachsichtig war und sich nicht über die »Jugend von heute« ärgerte, die sich auf den hinteren Bänken breitmachte.

Obwohl Andri sang und sich wie ein Idiot benahm, sah und hörte er doch nichts anderes als Kalli und Magga, die auf der Bank vor ihm saßen. Hin und wieder gab Magga Lachsalven von sich. Was war geschehen? Wahrscheinlich war Kalli an ihm vorbeigezogen, als er auf dem Schulball Klavier spielte. Bis dahin hatte Andri gedacht, Klaviere wären etwas für Sinfonien, dann kam Kalli und rettete den Tanzabend.

Axel wußte, wie alt all die Lavafelder des Landes waren, eines war anläßlich der Annahme des Christentums im Jahre 1000 entstanden. Es war üppig gepolstert mit hellgrünem Moos. Andere waren fünfzigtausend Jahre vor der Landnahme geflossen. Seltsam, sich das Land »am

Ende der bewohnten Welt« vorzustellen, kotzend und spuckend.

Im Walfjord hatte man gerade zwei Kolosse an Land gezogen. Sie lagen schimmernd und fett am Ufer. Unnur war vorneweg gegangen, heulte aber plötzlich auf und lief davon. Axel versuchte alle zurückzurufen, aber zu spät: Sie hatten weiße Pimmel, und wahrlich keine kurzen Schläuche! Falls Gott tatsächlich allmächtig ist, wird er Walen bei der Paarung zusehen, wenn er sich mal amüsieren will. Der Busfahrer und Axel leisteten Unnur Erste Hilfe.

Am Abend machten sie in einem kleinen Ort Rast und schlugen im Schulhaus ihr Nachtlager auf. Kalli schrammelte zum Tanz auf der Gitarre: Dieser verdammte Bastard konnte auch noch alle Texte. Immerhin hatte Andri Magga ganz für sich allein und versuchte, in allem gleichzeitig süß und schlau zu sein. Als sie verdächtig lange auf der Toilette blieb, gab Doddi ihm ein Zeichen, mit nach draußen zu kommen, und ging in Richtung Hügel. Als sie auf halber Höhe waren, zog er zwei Pilsflaschen hervor und öffnete sie mit seinem Taschenmesser.

»Bist du verrückt geworden?« fragte Andri.

»Jetzt betrinken wir uns und scheißen auf alles«, sagte Doddi.

»Wäre es nicht sicherer, es zu mischen?« fragte Andri besorgt.

»Kipp es dir rein, und sei still!«

Sie schauten hinaus aufs Meer, eben wie eine Eisbahn, die ganze Welt wie eine Bühne.

»Wärst du nicht gerne ein federleichter Troll, der auf

dem Meer tanzen und es mit ein paar Schritten überqueren kann?«

»Du bist betrunken«, sagte Andri.

Unter ihnen schlummerte der Ort, die »Musik« drang zu ihnen hinauf, Axel und Unnur kamen aus der Lava spaziert.

»Glaubst du, sie hat es ihm gemacht?« fragte Andri.

Doddi schrie auf und tanzte einen Indianertanz.

Axel und Unnur gingen zum Schulhaus hinüber, lösten die Party langsam auf und trieben die Kinder in die Schlafsäcke.

»Verdammter Idiot«, sagte Doddi. »Hast du mitbekommen, was er heute für einen Mist erzählt hat, von der Lava, die angeblich ein ganzes Tal zerstört hat, und die Leute hätten sich in die Kirche gerettet und Psalmen gesungen und die Lava direkt vor der Kirchentür mit ihren Gebeten gestoppt?«

Die Möwen lachten.

»Das ist eine Lüge«, fuhr Doddi fort, »die Kirche stand auf einem Hügel. Alles, was uns eingetrichtert wird, ist Propaganda.«

Andri lachte: »Doddi, wir sind Freunde. Erinnerst du dich, wie wir klein waren, erinnerst du dich an Skúli und Frikki?«

»Ich habe Skúli erst vor ein paar Tagen getroffen«, sagte Doddi, »er ist erwachsen geworden, arbeitet in der Autowerkstatt und hat einen Haufen Kinder. Frikki ist an der Uni, sie kennen sich nicht mehr.«

»Ich wünschte, ich wäre nie weggezogen. Die Vesturbær ist mein Viertel, ich hasse es, am Stadtrand durch den Matsch zu waten.«

»Deine Familie macht Geschäfte mit der Inflation«, sagte Doddi. »Wenn du nicht aufpaßt, endest du als Bonze.«

»Doddi, du bist im Stimmbruch, findest du das nicht toll?«

»Als ich es mir das letzte Mal gemacht habe, kam es mir«, sagte Doddi. Seine Stimme war eine Mischung aus Kolibri und Löwe.

»Du lügst«, sagte Andri voller Bewunderung.

»Komm, wir reißen uns was auf!« sagte Doddi.

»Schau«, sagte Andri und zeigte nach Osten, wo ein randvoller Mond auf den Gletscher kletterte. Im Westen sank die brennende Sonne ins Meer. Sie errötete, wie vor Anstrengung, sich über Wasser zu halten, klammerte sich an die Wasseroberfläche, bis ihr das Blut aus den Nägeln rann. Schließlich verlor sie den Halt, versank und färbte das Meer rot. Der Mond hatte die Spitze des Gletschers erklommen und begann den Himmel hinaufzuwandern.

Sie schissen auf Axel und liefen in den Ort hinunter. Man konnte sie sowieso zu nichts zwingen, ein Lebensabschnitt war zu Ende gegangen, ohne daß der nächste begonnen hätte. Der Ort war wie eine verlassene Filmkulisse. Sie schlichen hinter die Häuser und schauten in die Fenster, in der Hoffnung, eine Frau zu sehen, die sich auszog. Eine Oma in Gummistiefeln legte Salzfisch ein, das war alles.

In der Nacht und am nächsten Tag hatten alle Durchfall und Erbrechen wegen jener Lebensmittelvergiftung, die fester Bestandteil eines jeden Hotelaufenthalts ist. So vermißte niemand Andri und Doddi. Axel trieb grüne und gelbe Kinder an, sich für die Abreise fertig zu machen und das Gepäck in den Bus zu tragen.

Ein Schwimmbad inmitten von Bergen und Wolken. Axel tänzelte beschwingt am Beckenrand entlang, mit heißem Wasser für Unnur, die auf dem Rücksitz darniederlag. »Nicht jetzt«, sagte er lächelnd, als sie sich anboten, ihn reinzuschubsen. Als Doddi einen Köpfer vom Dach der Umkleide machte, rutschte ihm die Badehose runter. Zunächst unternahm er aussichtslose Tauchversuche, schoß dann aus dem Wasser, zog sich an den Beckenrand und rannte in die Umkleide. Kam in Unterhose zurück und wurde stürmisch bejubelt. Sie veranstalteten einen Ball im Schwimmbad, man forderte einander am Beckenrand auf und sprang hinein, dann wurde ermittelt, welches Paar am längsten auf dem Grund tanzen konnte; Kalli und Magga schlugen alle Rekorde. Auf dem Boden des Beckens hatte sich eine knöcheltiefe Mischung aus Sand und Algen gesammelt, nach einem Durchgang war das Wasser kaffeebraun geworden. Andri ließ sich auf dem Rücken treiben und verschmolz mit den Wolken. Wasser füllte seine Gehörgänge und schaltete sein Hörvermögen aus, das infolgedessen in seinen Zehen einsetzte. Als die Zehen den Beckengrund berührten, hörte er die Nachricht seinen Körper hinaufsickern: Doddi hatte seine Unterhose verloren.

Als alle abfahrbereit waren, hingen Maggas Sachen immer noch am Kleiderhaken. Axel war käseweiß, er und der Busfahrer suchten im Schwimmbad nach ihr. Andri, Kalli und Doddi ebenso. Der Busfahrer fand sie. Axel rannte zum nächsten Telefon, während der Busfahrer Wiederbelebungsversuche machte. Die Kinder flüsterten ihren Namen und sahen dem Krankenwagen hinterher, der sich entfernte, mit der roten Sonne im Rücken.

Der Unfall verließ das Schwimmbad und verbreitete sich im Ort, am Abend war er zu einer Meldung im Radio geworden: Ein Mädchen war auf einem Schulausflug ertrunken. Eventuell dachte jemand einen Moment darüber nach, in der nächsten Minute war es weggewischt, die Zeit ist ein Radiergummi, und jeder einzelne scheint mit seinem eigenen Leben genug zu haben, so daß er gar nicht erst versucht, den Schmerz im Leben anderer zu spüren. Vielleicht war in diesem Augenblick irgendwo ein armer Bauer, der zusah, wie ausländische Soldaten seine Kinder töteten und seine Frau vergewaltigten; anschließend setzen sie alles in Brand, im Namen des Herrn und der westlichen Kultur. Wahrscheinlich steckte ihm ein Schrei in der Kehle, den niemand je hören konnte, und selbst wenn er in alle Mikrofone der bewohnten Welt geschrien hätte: Es war, als hätte er die falsche Frequenz – er wurde nie übertragen. Allein dieses Leid paßt, der Sprache näher: ein Minister mit einer kaputten Harnblase, der verrückte Eierstock einer Schauspielerin.

2 Er war auf dem Land, als die Beerdigung stattfand. Er durfte im Wohnzimmer sitzen und die Trauerfeier im Radio anhören. Elsa räumte auf. Der Pastor sprach über Blumen, die ewig leben. Später schickte ihm seine Mama die Nachrufe aus den Zeitungen. Er betrachtete ihr Bild und dachte an alles, was mit ihr gestorben war. Zum Beispiel ihre gemeinsamen Kinder. »Wir werden zehn Kinder haben«, hatte sie einmal gesagt. Zehn Kinder. Selbst war er mit einem Bein im Grab, zumindest gewissermaßen Ausländer auf der Erde. Seine Frau und seine Kinder waren gestorben. Das Leben, welches ihm bevorstand, würde sein, wie Wasser zu trinken, ohne Durst zu haben.

Er betrachtete das Bild und dachte daran, wie sie nun auf Hinterhöfen vor sich hin schimmeln würde, wie man sie in Cafés mit Kaffee bekleckerte, die Fischverkäufer würden die Zeitung benutzen, um ihren Fisch darin einzupacken. In der Nationalbibliothek würde sie in einer Zeitungsmappe landen, wo sie jeder Tag mit einer neuen Schicht überlagerte, unter ihr berghohe Stapel. Irgendwo in diesem Stoß, zwischen all diesen Worten, Bildern, Mondraketen und Kriegen war sie, unwiderruflich. Sie würde weiterleben wie ein Echo in den Gedanken derer, die sie kannten, aber mit der Zeit würden sie ihren Griff lockern, und irgendwann würden sie sie loslassen. Sogar er würde sie am Ende loslassen, und ihr Bild bliebe allein zurück, irgendwo tief in der Mappe der Nationalbibliothek. So stirbt der Mensch.

Seine Mutter hatte einen Brief mit den Zeitungsausschnitten mitgeschickt. Bei der Scheidung hatte sich herausgestellt, daß nur die Schulden ihr und Haraldur gemeinsam gehörten, das Vermögen steckte in der Aktiengesellschaft von Haraldur, Finnur, Ásgeir und Co. Ásta hatte eine kleine Wohnung in der Vesturbær gemietet und freute sich darauf, sie beide im Herbst wiederzusehen (Sista war in England auf der Sommerschule). Er dachte darüber nach, als er Stefán und Krúsi half, die Seeschwalbe zu entladen. Er war so mit seinen eigenen Katastrophen beschäftigt, daß er keine Notiz von der Fracht nahm, bis Stefán eine Plane darüber legte. Dynamit.

Aix-en-Provence 1972, Reykjavík 1976.

Zur Aussprache des Isländischen

Im Isländischen umfaßt das Alphabet 32 Buchstaben.
Zusätzlich zu den lateinischen gibt es folgende Buchstaben:

Ð / ð	ähnlich dem engl. »th« in »this«, also stimmhaft
Þ / þ	wie engl. »th« in »thing«, also stimmlos
Æ / æ	entspricht dem dt. »ei«

Alle Vokalzeichen (inkl. y) existieren auch in einer zweiten Form, nämlich mit Akzent. Dieser bewirkt entweder einen Diphthong oder einen Langvokal. Insgesamt fällt die Aussprache der Vokale oft anders aus als im Deutschen – ob mit oder ohne Akzentzeichen:

á	wie dt. au
e	wie dt. ä
é	wie »je« in jetzt
í / ý	langes i, wie dt. ihn oder gießen
o	kurzes o, wie dt. Pott
ó	wie engl. rose
u	wie dt. ü in küssen
au	wie niederländ. ui, ähnlich dem dt. eu / äu
æ	wie dt. ei / ai
ei	wie niederländ. ei / ij

Anmerkungen

Seite 8 Vínarbrauð: Ein Plundergebäck.
Seite 11 Trotz der Seife: Damals hat man in Island diesen berühmten Geysir »angespornt«, indem man Seifenblättchen hineinschüttete. Das wurde später verboten.
Seite 11 Brynjólfur Bjarnason: Kommunistenführer.
Seite 12 Þingvellir: Ort und Nationalpark im Südwesten von Island. Dort wurde seit 930 die gesetzgebende Versammlung Alþing (Parlament Islands) abgehalten, und dort wurde am 17. Juni 1944 die Republik Island ausgerufen.
Seite 12 Unabhängigkeitspartei: Sjálfstæðisflokkurinn, die konservative Partei Islands.
Seite 14 wer-hat-ein-schöneres-Vaterland: ein patriotisches isländisches Heimatlied (*hver á sér fegra föðurland*).
Seite 19 ... legte aber Eier: ein damals in Island unter Mädchen beliebtes Ballspiel. Man warf den Ball gegen eine Wand und sprang nach dem Aufprallen mit gespreizten Beinen über ihn hinweg.
Seite 21 Das Volk saß in der Küche: Man sprach von *eldhúsumræður* (= *Küchendiskussionen*), wenn eine Sitzung des Parlaments im Radio übertragen wurde.
Seite 21 Die Bergfrau: isländisches Nationalsymbol (*Fjallkona*) bzw. Personifikation Islands.
Seite 22 verdächtiger Eisenmüll: eine Streikaktion der Arbeiter als Anspielung auf den realen Fund von Spionagegeräten im See Kleifarvatn außerhalb Reykjavíks.
Seite 22 *Eine Beunruhigte:* Tatsächlich schrieb der damalige Präsident unter einem weiblichen Pseudonym regelmäßig Leserbriefe an eine Zeitungskolumne.
Seite 24 mit zweien, dreien oder gar vieren: Gemeint ist hier eigentlich ein Ballspiel, man jonglierte mit Bällen gegen die Wand.
Seite 26 Eyri: das Gebiet um den Hafen von Reykjavík herum.
Seite 28 Pelle war allein auf der Welt: Anspielung auf den Titel des dänischen, auch in ganz Skandinavien bekannten Kinderbuches *Palle alene i Verden* von Jens Sigsgaard.

Seite 29 Krónan: damals ein Lebensmittelladen, heute eine große Supermarktkette.

Seite 31 Skyr, ein traditionelles isländisches Milchprodukt, mit Quark oder dickflüssigem Joghurt vergleichbar.

Seite 33 allerdings nicht den Präsidenten: Der damalige Präsident Islands, Ásgeir Ásgeirsson, war landesweit bekannt für seine allmorgendlichen Schwimmbadbesuche.

Seite 34 weltlicher Gesang: Es war zur damaligen Zeit tatsächlich verboten, in der Innenstadt zu singen, eine Ausnahmeregelung galt für die Heilsarmee.

Seite 39 Tracht: die typisch isländische Frauentracht namens *Peysuföt*.

Seite 40 Alþingjubiläum: die Feierlichkeiten anläßlich des 1000jährigen Bestehens des Alþings (isländisches Parlament) im Jahre 1930.

Seite 41 ein Päckchen abliefern: Damals lieferten die Überlandbusse auch Pakete aus.

Seite 43 Atomdichter: eine Gruppe von Lyrikern der 50er Jahre, die sich von den traditionellen Formen abwandte.

Seite 44 Spiser de stene?: Dänisch für: Fressen die Steine?

Seite 46 Tíminn: eine Zeitung für Bauern.

Seite 52 Talgscheiben: gehärtetes Fett, Schlachtabfall, den man eher zum Kerzengießen benutzte.

Seite 54 Kvos: Name des Bezirks.

Seite 55 Gunnar Hámundarson aus dem Fljótstal: eine heldenhafte Figur aus der Njáls saga, auch bekannt als Gunnar von Hlíðarendi. Eben dieser wird später (S. 115) noch vom Schuldirektor erwähnt.

Seite 63 Er steht mir unbewegt: Andri hat Heines *Es stehen unbeweglich* im Sinn. Einige Heine-Gedichte waren und sind in Island in Übersetzung bekannt.

Seite 64 Melur: ein Teil der Weststadt (Vesturbær) von Reykjavík.

Seite 64 KR, Valur, Fram: drei Fußballklubs aus Reykjavík.

Seite 68 Lárus Pálsson: ein auf Island sehr berühmter Schauspieler (1914–1968).

Seite 69 Friðrik Friðriksson: Theologe, Philosoph, Priester (1868–1961), gründete u. a. den isländischen CVJM wie auch den bis heute sehr erfolgreichen Fußballverein Valur und war nicht zuletzt bekannt für seine für einen Priester untypische Lebensweise, die sich v. a. im Zigarrenrauchen äußerte.

Seite 77 Det var en skikkelig bondemand: Es war ein harmloser Bauersmann (norwegisch).

Seite 77 Fannbergsbrüder: Anspielung auf die Zwillinge Haukur und Örn Clausen. Haukur lief 1948 die 100 Meter in 10,6 Sekunden, Örn war ein erfolgreicher Zehnkämpfer.

Seite 78 Kioske der Handelsgenossenschaft namens S. I. S. (= *Samband íslensku samvinnufélaga* / Verband isländischer Genossenschaften), sie hatte damals nahezu ein Monopol auf Island.

Seite 81 Skúlis, Guðjóns: Sista und Rósa benutzen hier zwei der häufigsten Vornamen der damaligen Zeit als Schimpfworte.

Seite 84 Blut zu Brei geronnen von all der Milch: Man glaubte, Kinder, die viel schliefen, hätten dickes Blut. Außerdem war die Milch auf dem Land viel dicker, da fetthaltiger.

Seite 88 Einar Benediktsson: isländischer Dichter (1864–1940), lebte insgesamt 14 Jahre lang in Kopenhagen.

Seite 90 Wiesel … Schwan: Bei der Namenswahl für Tiere ist auf Island nahezu alles möglich, auch diese Varianten wirken nicht ungewöhnlich.

Seite 92 Garpir: *Helden*, hier der Name eines (fiktiven) Chores, nachempfunden dem damals berühmten *MA-Kvartett*, das einen Parlamentsabgeordneten in seinen Reihen hatte.

Seite 92 Was ist so fröhlich: *hvað er svo glatt*, von Jónas Hallgrímsson (1807–1845), einem der bedeutendsten isländischen Lyriker. Von ihm stammen auch zahlreiche Heine-Übersetzungen.

Seite 93 Gesegnet seist du, meine Heimat: *Blessuð sértu sveitin mín*, ein Gedicht von Sigurður Jónsson frá Arnarvatni (1878–1949).

Seite 97 Das Leben sie sah in deren Glanz: *Lífið hún sá í Ljóma þeim*, ein auf Island berühmtes (vertontes) Gedicht von Þorsteinn Erlingsson (1858–1914).

Seite 100 gleich nach dem Vaterunser: also nach der Konfirmation. Man wurde erst konfirmiert, wenn man das Vaterunser aufsagen konnte.

Seite 100 Tagelohn und Seefahrt: Nicht alle Bauern hatten eigene Höfe, viele, so zum Beispiel Guðjón und seine Frau, waren Lohnarbeiter auf den Höfen anderer Bauern und wurden auch auf See geschickt, v. a. im Winter, wenn keine Feldarbeit zu verrichten war. Eigenes Vieh konnten sie dennoch haben, erhielten es auch anstelle ihres Lohnes. Landmangel und damit die Einsicht in die Unmöglichkeit, einen eigenen Hof zu führen, trieb viele Bauern nach Reykjavík, wenn sie nicht direkt nach Amerika auswanderten.

Seite 101 setzten all ihr Hab und Gut auf Rot: Rot (*Rauður*) ist einer der häufigsten Pferdenamen in Island. Tatsächlich setzen sie also all ihre Habseligkeiten auf ein Pferd.

Seite 101 Krisenliteratur: ein fester Begriff in der isländischen Literatur (*kreppuskáldsaga*), unter welchem Romane der 1930er Jahre zusammengefaßt werden, als Island in einer schweren ökonomischen Krise steckte.

Seite 113 das Morgenblatt: eine konservative Tageszeitung (*Morgunblaðið*), auch heute noch die größte des Landes.

Seite 113 Jóhannes úr Kötlum: Dichter (1899–1972), Kommunist und wortstarker Gegner der amerikanischen Militärbasis auf Island.

Seite 113 Richterhammer: Der isländische Bildhauer Ásmundur Sveinsson (1893–1982) hatte den Vereinten Nationen einen Holzhammer geschnitzt, dessen Kopf einen um Frieden bittenden Wikinger zeigte. Dieser wurde 1952 übergeben und zerbrach 1960, als der damalige Präsident der UN-Generalversammlung, Frederick Boland, versuchte, Chruschtschow zur Ruhe zu bringen, als dieser mit seinem Schuh auf das Rednerpult schlug. Der Bildhauer Jón Benediktsson fertigte eine Nachbildung an, die 1961 übergeben wurde. Diese verschwand im Jahre 2005, die Bildhauerin Sigriður Kristjánsdóttir fertigte daraufhin einen dritten Hammer an.

Seite 114 Vater der Seelen: *Faðir andanna*, Hymnus von Matthías Jochumsson (1835–1920), der auch die isländische Nationalhymne *Lofsöngur* komponierte.

Die Originalausgabe, »punktur punktur komma strik«,
erschien zuerst 1976 bei Iðunn.
Eine Neuausgabe erschien 2008 bei Forlagið.

Gefördert von

SAGENHAFTES ISLAND
FRANKFURTER BUCHMESSE
EHRENGAST 2011

Bókmenntasjóður
The Icelandic Literature Fund

Dank an: Halldór Guðmundsson,
Thomas Böhm, Matthias Wagner K

Beethovenplatz 4, 53115 Bonn
www.weidle-verlag.de
Lektorat: Stefan Weidle
Gestaltung, Satz: Friedrich Forssman
Druck: Reinheimer, Darmstadt
978-3-938803-34-9

Dieses Buch wurde klimaneutral gedruckt.
natureOffice.com | DE-293-130750

Die Deutsche Bibliothek – CIP-Einheitsaufnahme
Ein Titeldatensatz für diese Publikation
ist bei der Deutschen Bibliothek erhältlich.